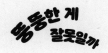

뚱뚱한 게 잘못일까

뚱뚱한 게 잘못일까

조 코터릴 지음
이은주 옮김

봄볕

1

"젤리, 지금 해 봐! 제발!"

"알았어. 근데 선생님 안 오시나 잘 봐야 돼."

내 친구 케이마가 종종걸음으로 교실 문 앞까지 가서 머리를 쏙 내밀어 복도 쪽을 살폈다.

"이상 없음. 얼른!"

나는 자리에서 일어나 심호흡을 하며 몸을 꼿꼿이 폈다. 그다음 일을 이미 아는 친구들이 킥킥 웃기 시작하자 이내 교실 전체에 웃음이 퍼졌다. 다들 말을 하다 말고 돌아보는데, 나를 보는 눈에서 빛이 났다. 이제 내가 무엇을 할지 모르는 사람은 없었다.

그대로 나는 매우 조심스레 발을 또박또박 내디뎌 교실 앞쪽 담임 선생님의 책상까지 걸어갔다. 안짱걸음으로. 그리고는 갑자기 돌아서서 교실을 둘러보며 코를 훌쩍였다. 또 한바탕 웃음소리가 터져 나왔다. 난 고개를 오른쪽으로 획 돌려서 콧소리를 있는 대로 내며 말했다.

"마셜, 이게 대체 무슨 짓인지 모르겠군요."

마셜은 물론 모두가 꽥 소리를 지르며 웃어 댔다.

"이게 다 자기 시간 낭비라는 것 알지요?"

내가 마셜을 보고 눈살을 찌푸리며 단호하게 덧붙였다.

웃음소리가 더 커졌다. 마셜은 깔깔거리느라 몸을 가누지 못해 책상에 엎어지기까지 했다.

나는 아랑곳 않고 천장을 향해 눈을 희번덕이며 말했다. 아주 잠깐 정사각형 판과 직사각형 전등이 눈에 보였다.

"가끔은 내가 뭐 하러 이리 신경을 쓰는지 모르겠답니다."

갑자기 주변이 조용해졌다. 나는 그게 뭘 의미하는지 잘 알았다.

내 뒤에서 비음 섞인 목소리가 들려왔다.

"안젤리카 워터스, 이게 대체 무슨 짓인지 모르겠군요."

우리 담임, 렌크 선생님의 목소리다. 말투와 억양이 내가 흉내 낸 것과 별 차이가 없다.

나는 활짝 미소 지으며 돌아섰다.

"어, 선생님, 안녕하세요? 식사는 하셨어요?"

선생님이 천장을 향해 눈을 희번덕이며(내가 아까 했던 그대로) 한숨 섞인 목소리로 말했다.

"안젤리카, 또 한 귀로 듣고 한 귀로 흘리는군요."

"죄송해요, 선생님. 근데 저는 정말 존경하는 마음에서 그러는 거예요."

"존경하는 마음에서 선생님들 흉내를 낸다고요?"

선생님은 내 말을 반복하며 눈썹을 치켜세웠다.

"감정을 다 드러내시잖아요. 게다가 진짜 재밌는 유행어도 있으시고."

그때 선생님의 입술 한쪽이 실룩였다. 선생님들이 나를 꾸짖는 시간은 오래가는 법이 없다. 웃기면 웃겼지 절대 버릇없이 구는 건 아니니까. 심지어 담임 선생님도 내가 수위 아저씨 흉내를 내면 웃음을 참지 못한다.

"자리에 앉으세요."

그래서 결국 이렇게 말할 수밖에 없다.

선생님이 출석을 부르기 시작하고, 난 자리에 다시 앉았다. 옆자리에는 내 단짝 친구 케이마와 산비가 있다. 케이마는 길게 땋은 머리가 얼굴로 쏟아지는데도 나에게 두 엄지를 치켜세웠다. 산비는 나를 보며 싱긋 웃는데, 왠지 반은 감탄하고 반은 질린 듯한 표정이다. 산비의 갈색 눈은 안 그래도 큰데 내가 무모한 일을 저지를 때면 더욱 커진다. 우리 셋 중에 산비는 착실한 학생이라 항상 점수가 높은 편이다. 게다가 산비네 가족이 꽤나 엄격해서 언제나 시키는 대로 말을 잘 듣는다.

출석 체크가 끝나자마자 우리는 조회 시간에 맞춰 강당으로 몰려갔다. 나는 지루해질 것을 대비해 마음의 준비를 단단히 했는데, 대뜸 교장 선생님이 발표했다.

"여러분도 알다시피 매년 여름방학 전에 장기 자랑 대회를 열지 않습니까?"

교장 선생님은 극적인 효과를 노리는지 잠시 멈추더니 두 손을 활짝 펼치며 말했다.

"슈퍼스타킹!"

움츠린 채 바닥에 앉아 있던 아이들 사이로 기대감에 웅성대는 소리가 번졌다. 킹은 우리 학교 이름 '킹스우드'에서 따온 것이다. 누구나 참가할 수 있고, 우승을 하면 슈퍼스타킹 트로피에 이름이 새겨진다. 교무실 옆 장식장에 이름을 장식하는 셈이다.

나는 매년 나갔는데 우승한 적이 없다. 작년에는 케이마, 산비와 함께 개그 콩트를 해서 3등에 그쳤다. 그래도 내 성대모사 실력은 날이 갈수록 늘고, 다들 좋아해 준다. 올해는 내가 주인공이 될지도 모른다.

교장 선생님이 말을 이었다.

"오늘 조회 시간에는 재주가 뛰어나기로 유명한 사람들을 함께 볼 겁니다. 그리고 놀랍게도, 이들은 모두 어린이죠!"

프로젝션 스크린이 다 내려오자 교장 선생님이 전 세계 아이들의 영상을 재생했다. 정말 엄청났다. 발로 피아노를 치거나 공중제비를 스무 번 연속으로 넘거나 폴로 캔디로 43층 탑을 쌓는, 뭐 그런 모습이었다.

영상이 끝나고 교장 선생님이 입을 열었다.

"자, 우리 킹스우드 학교에서 차세대 모차르트나 해리 포터를 배출하겠다는 뜻은 아닙니다. 네, 안젤리카?"

내 손이 번쩍 올라가 있었다. 내가 공손하게 말했다.

"교장 선생님, 해리 포터는 실존 인물이 아닌 거 아시죠?"

전교생의 웃음소리에 가슴이 두근거렸다.

"실존 인물이 아니라고요?"

교장 선생님이 기겁하는 시늉을 하더니 금세 목소리를 바꾸어 덧붙였다.

"알려 줘서 참으로 고맙군요. 네가 트집 잡을 줄 알았다. 물론이죠. 어쩌면 여러분 중 누군가가 마법을 부릴 수도 있고 아니면…. 네, 안젤리카?"

"학교에서 빗자루 타고 날아도 되나요?"

내가 예의 바르게 물었다.

"안젤리카, 그 어려운 것을 해낼 수 있다면야 누군들 감탄하지 않겠어요?"

교장 선생님이 빈정거리고는 말을 이었다.

"자, 자, 이제 몇 주만 지나면 예선입니다. 물론 여러분 중에는 시간을 많이 들여서 계획도 세우고, 대본을 쓴다든지 방과 후에 친구들과 따로 만나서 연습하고 싶어 하는 학생도 있을 거예요. 그리고 해마다 그랬던 것처럼, 본선 심사 위원 중 한 분은 특별 손님을 모십니다!"

교장 선생님은 흥미진진한 이야기를 하는 듯 말했지만, 실은 누가 올지 다 안다. 별다른 일이 없다면 특별 손님이란 교장 선생님의 딸 줄리다.(TV 드라마에 한 번 나온 적이 있다고 한다.) 우리가 줄지어 강당을 빠져나가는 동안은 원래 잡담이 금지되어 있지만, 하나같이 수군거리기 바빴다.

"넌 꼭 성대모사 해야 돼. 일단 수위 아저씨부터 하고, 그다음엔 담임."

케이마가 나에게 속삭이자 산비도 뒤쪽에서 소곤댔다.

"진짜 그래도 괜찮을까? 내 말은, 젤리가 선생님 흉내를 내면 사람들이 그걸 안 좋게 보지 않을까?"

"그럴 리가."

케이마가 산비의 말을 가볍게 넘기고는 덧붙였다.

"혹시 안 좋게 본다 해도 그게 뭔 상관이야? 우린 이번 학기 끝나면 졸업이잖아!"

산비는 살짝 놀란 듯 시무룩한 얼굴로 더 이상 말이 없었지만, 케이마는 계속해서 평소와 같은 말투로 말했다.

"문제는 말이야. 우리 둘은 뭘 하냐는 거지. 나랑 산비는 뭐 하지?"

"젤리 없이 둘이서만 개그 콩트 하는 건 무리야. 우린 그다지 웃기지도 않고."

산비가 불쑥 내뱉은 말에 케이마가 대꾸했다.

"난 아닌데. 나 아주 우습잖아. 그럼, 그렇고말고."

내가 웃으며 말문을 열었다.

"너희가 뭘 하면 좋을지 나도 한번 생각해 볼게. 아직 시간 많으니까."

"내가 마술로 산비를 반 토막 내는 역할도 괜찮겠다."

교실로 들어서며 케이마가 중얼거렸다.

모두 자리에 앉는 동안 나는 마음이 자꾸 부풀었다. 난 공연하는 것이 정말 좋다. 그런데 제일 잘하는 일이자 다들 좋아해 주는 일을 할 기회가 생긴 것이다. 그것도 무대에서, 관객 앞에서! 정말 기대되는데, 그때까지 어떻게 기다리지.

2

"야, 젤리! 잠깐 기다려!"

하굣길에 운동장에서 윌 마츠나가가 나를 불러 세웠다. 주황빛이 나는 갈색 빡빡머리가 눈에 들어왔다. 주근깨는 햇빛 아래서 보면 개수가 배로 불어나 있다.

"너 슈퍼스타킹에서 성대모사 할 거라며. 내가 제안하고 싶은 게 하나 있지."

그러더니 곁눈질로 자기 뒤를 따르던 친구 둘을 쳐다봤다.

"뭔데?"

내가 물었다.

"바다코끼리."

윌의 대답에 두 친구가 키득대기 시작했다.

"바다코끼리."

내가 똑같은 말을 되뇌었다. 몸속에서 한달음에 냉기가 혈관을 타고 돌았고, 손이 살짝 떨렸다. 바다코끼리는 몸집이 크고 뚱뚱하다. 내 몸을 내려다보니 허리께가 우리 반 여자애들보다 굵다. 윌과 친구들은 이제 대놓고 웃으면서 내가 뭘 어쩌려나 지켜보고 있었다.

사실 거슬리는 말을 들을 때 어떻게 반응할 것인가는 내가 선택할 문제다. 보기 1번은 너무 뻔하지. 네가 한 말에 기분이 상했으니 사과하라고 요구하기.

나는 한 번도 1번을 고른 적이 없다.

보기 2번은 웃어넘기기.

난 입꼬리에 양 검지를 상아처럼 붙이고서 볼에 바람을 넣고 어깨를 잔뜩 추켜세워 목을 감췄다. 그러고는 크고 굵은 목소리로 으르렁거렸다.

윌의 얼굴이 밝아졌다.

"야, 그거 진짜 좋은데! 너 완전히 바다코끼리 같아! 그것도 무대에서 해 봐!"

셋 다 깔깔 웃으며 달려가 버렸다. 그래도 이번엔 애들이 나 때문에 웃은 것이지, 나를 비웃은 것은 아니다.

이것이 바로 내가 언제나 보기 2번을 택하는 이유다.

나는 집으로 향했다. 올해부터는 엄마가 혼자 다니도록 해 주었다. 현재 나이 열한 살. 집까지 가려면 큰 길을 세 번 건넌 뒤 짧은 골목을 하나 지나면 된다. 골목 한쪽에는 주택 몇 채가 있고 다른 한쪽에는 공원이 있다. 나는 공원에 다다라서 걸음을 늦추었다. 보아하니 다른 사람들도 대부분 천천히 걷게 된다. 다들 오래된 껌이 덕지덕지 붙은 회색 인도를 따라 걸을 때에는 빨리 비켜나고 싶어 마음이 불안하다. 하지만 풀과 꽃밭이 늘어선 길에 닿으면 걸음이 느려진다.

성대모사를 잘하려면 관찰력이 뛰어나야 한다. 나는 사람들을 지켜보는 것을 좋아하는데, 그게 다 좋은 재료가 된다.

남은 길은 빨리 지나갔다. 공원 끝에서 왼쪽으로 돌면 막다른 골목이 나오고 그 길을 따라 걸으면 땅딸막하고 못생긴 우리 아파트가 보인다. 2층에 살아서 뜰은 없다. 난 건물 입구로 들어가 얼른 계단을 한 번에 두 단씩 뛰어 올라갔다. 우리 집은, 이 건물의 집 대부분이 그렇듯 현관문이 흰색이어서 다른 색으로 덧칠할 수 있다. 난 열쇠고리에서 열쇠 둘 중 하나를 집어 문을 열고는 엄마에게 "나 왔어!" 하고 외쳤다. 엄마가 침실의 작은 책상에 앉아 일하는 중이었다. 우리 엄마는 화장품 사업을 해서 사람들에게 마스카라나 아이섀도를 판매한다. 이 말은 즉 우리 집에 화장품이 어마어마하게 많다는 얘기다.

"왔구나!"

엄마도 소리쳤다.

"근데 잠깐 괜찮지? 주문 한 건 곧 마무리되거든. 끝나면 차 한잔 마시러 나갈게."

"괜찮아요!"

내 방은 아늑하다. 그러니까 좀 작다는 뜻인데 상관없다. 나한테 충분한 크기니까.(누구 말마따나 내 몸집이 작은 편은 아니지만.) 벽지가 꽃무늬인데 거슬릴 정도로 화려하진 않다. 다만 벽지 한쪽 귀퉁이가 살짝 떨어졌다. 엄마 말로는 눅눅해서 그렇단다. 그래서 서랍장으로 그 부분을 가려 두었다. 이제 책가방을 바닥에 내동댕이치고 신발을 벗어젖히고 그대로 침대에 몸을 던졌다. 나는 학교가 좋다. 친구도 좋고 사람들을 웃기는 것도 좋은데, 어쩐지 하루 일과가 끝나면 항상 피곤했다.

침대에 누워 가만히 천장을 봤다. 오늘 정말 기분 좋았지, 하고 중얼거렸다. 담임 선생님 성대모사로 반 전체가 웃음바다가 되고, 슈퍼스타킹 소식도 듣고, 케이마, 산비와도 변함없이 잘 지냈고.

그런데….

바다코끼리. 이 단어가 귓가에 맴돌았다. 놀림을 받은 것은 오늘 하루 중 정말 잠깐이고 나머지는 다 좋았는데, 그럼에도 그 순간 때문에 전부를 망쳐 버린 것 같다. 속상하다. 이럴 때마다 항상 속상하다. 그런 비웃음 따위 괜찮다고, 신경도 안 쓴다고 몇 번이나 되뇌지만, 하나도 안 괜찮다. 엄청나게 신경이 쓰인다.

머리맡 베개 아래로 손을 뻗었다. 이럴 때마다 찾는 것을 베개 밑에 넣어 두었다. 내가 둘로 나뉜 것 같은 기분이 들 때면 또 다른 젤리, 또 다른 내가 혼란스러워서 비명을 지른다.

베개 밑에는 특별한 공책이 있다. 핑크색 표지에 조개 무늬가 있고 '나는 시한부 인어'라고 쓰여 있다. 엄마가 지난 크리스마스에 사 주었는데, 무척이나 소녀 취향이어서 다들 내가 좋아하겠거니 생각할 법하다. 표지만 보면 안쪽에 하트나 유니콘을 그릴 것 같은 느낌이라 눈가림하기 좋다. 그래서 엄마가 구태여 펼쳐 볼 일도 없다. 만약 봤다면 꽤 충격 받을 것이다.

빈 종이를 찾아 펜(표지와 비슷하게 빛나는 핑크색)을 집어 들었다. 그리고는 써 내려갔다.

바다코끼리

지느러미발이 있는 커다란 포유동물

시끄럽고 씩씩하고

두꺼운 피부로 우스꽝스럽게

느릿느릿 걸어다닌다

조롱이라는 날카로운 조각에

지방층이 찔린 채

그건 교복 차림의 늘씬한 바다표범이 내뱉은 말

엄마 방 쪽에서 바닥이 삐거덕하는 소리가 들리는 바람에 내 공책을 베개 아래로 밀어 넣을 시간은 충분했다. 엄마가 문 앞까지 와서 물었다.

"젤리, 오늘 어땠어?"

나는 기분 좋게 웃으며 답했다.

"좋았죠!"

3

엄마가 녹차를 마시는데 냄새가 좀 이상하다. 그럼에도 엄마는 그게 몸에 좋은 거란다. 나는 평범한 홍차가 좋다. 진하게 우려서 설탕을 한 숟갈 가득. 슈퍼스타킹 이야기를 하면서 교장 선생님 흉내를 냈더니 엄마가 "네가 아주 야무지게 하나하나 짚어 내는구나, 정말." 하고 웃었다.

"저 올해는 성대모사 하려고요."

"혼자서? 이야, 대담한데!"

그런데 갑자기 엄마가 벌떡 일어서며 말했다.

"참, 도넛 하나 줄게! 어디 보자…."

부엌에서 달그락거리는 소리가 들리더니 엄마가 종이봉투를 쥐고 나타났다.

"자, 이거 받아."

"맛있겠다! 잼 도넛, 내가 제일 좋아하는 거잖아. 엄마, 고마워요."

엄마가 나에게 방긋 웃어 보이며 다시 자리에 앉았다. 우리 엄마는 정말 미인이다. 얼굴은 갸름한 계란형에, 눈은 나처럼 녹색이다. 엄마가 웃을 때면 눈가에 잔주름이 생기는데, 파운데이션과 파우더 막이 갈라진 것이 보인다. 속눈썹에는 언제나 마스카라를 칠해서 마치 긴 날개가 파닥이는 것 같고, 눈꺼풀 위아래에 모두 검정색 아이라이너로 짙게 선을 그린다. 심지어 낮에도. 머리카락은 원래 옅은 갈색인데 아주 밝은 금발로 염색했다. 매일 아침마다 요가를 하기 때문에, 몸은 정말 호리호리하다. 엄마가 길을 걸으면 사람들의 고개가 자연스레 엄마 쪽으로 돌아간다. 그만큼 매력이 있다. 엄마와 같이 있으면 나까지 마음이 뿌듯하다.

내가 도넛을 베어 물자 잼이 턱으로 흘러내렸다. 엄마가 웃으면서 손을 뻗어 닦아 주는데 매니큐어가 완벽하게 칠해진 손톱이 보였다.

"어디선가 읽었는데, 입술을 핥지 않고서 도넛을 먹기는 불가능하대."

"그럼, 도전!"

그런데 엄마가 작게 한숨을 뱉었다.

"도넛 안 먹은 지가 너무 오래됐네."

"하나 먹으면 되죠. 딱 하나는 괜찮을 거예요."

내 말에 엄마는 머리를 절레절레 내둘렀다.

"먹어도 보람이 없잖아."

"엄마, 아직 젊을 때 최대한 즐겨야죠!"

엄마가 녹차를 한 모금 마시며 말했다.

"오늘 저녁에 엄마 나갈 건데, 괜찮지?"

앗. 생각할 틈도 없이 도넛이 목에 걸려 버렸다. 기침을 몇 번 하다가 차를 한 모금 꿀꺽 삼켰다.

"크리스 아저씨 만나요?"

내가 눈을 마주치지 않은 채 물었다.

"응."

크리스 아저씨는 엄마의 남자 친구다. 나는 그 사람이 별로 마음에 들지 않는다. 엄마가 왜 좋아하는지 잘 모르겠다. 아저씨는… 글쎄, 그냥 남을 배려하는 사람은 아니다. 내가 그 사람에 대해 불평 좀 할라치면 엄마는 들으려고도 하지 않는다. 참 이상하다. 왜냐하면 가끔씩 둘이서 약속이 있는 날에 엄마가 꽤나 기분이 상한 채로 돌아오니까 말이다. 아저씨가 말이 조금 거친 편인데, 엄마 말로는 그게 진심은 아니란다.

내 생각에는 진심으로 하는 말 같아서 아저씨가 여기서 시간을 보내는 것이 싫다. 그나마 오늘 저녁에는 밖에서 만난다니 다행이다. 그러면 우리 집에 올 생각은 없을 테니까.

"그럼 이따가 로지 언니 와요?"

내가 물었다. 로지 언니는 열네 살이다. 위층에 사는데 아주 휴대폰에 중독이 됐다.

"응, 일곱 시에 올 거야."

"알았어요."

내가 대답만 하고서 입을 다문 채 탁자만 내려다봤다.

"왜 그래?"

"아무것도 아니에요. 괜찮아요."

엄마를 보고 웃으면서 답했다.

엄마가 차를 다 마시고 자리에서 일어났다.

"다시 일하러 가야겠다. 30분 전에 주문 세 개가 들어왔네! 새로 들어온 아이섀도 팔레트가 벌써 다 나갔어. 대량 구매를 할 건데, 일단 주문량부터 늘리고 메이지한테 연락해 봐야겠다. 계약하고 싶다고 했지…."

그러고는 방에 들어서며 외쳤다.

"필요한 거 있으면 엄마 불러!"

나는 도넛을 다 먹고 나서 깨달았다. 입술을 한 번도 아니고 여러 번 핥으며 먹어 버렸다. 그럼에도 큰 소리로 말했다.

"저 입술 한 번도 안 핥고 먹기 성공했어요!"

"정말로? 대단하네!"

그 말에 빙긋 웃었다. 엄마한테 칭찬받으면 정말 기분이
좋다.

초인종이 울리는 소리에 속이 울렁거렸다. 크리스 아저씨겠
지. 로지 언니라면 그냥 위층에서 계단을 뛰어 내려와 문을 두
드렸을 테니까. 난 침대에 앉아서 숙제를 하고 있었는데, 몸을
일으켜 방문을 닫았다. 그 사람을 보고 싶지가 않았다. 엄마는
준비하는 데 거의 하루를 다 썼다. 화장을 전부 다시 하고 옷
은 적어도 세 번은 갈아입었다.

현관에서 이야기하고, 입을 맞추는 소리(들을 때마다 토할 것
같다.)가 들렸다. 그러고는 아저씨의 목소리가 이어졌다.

"그게 무슨 소리야, 아직도 안 왔다니?"

엄마가 뭐라고 웅얼웅얼 답하니 아저씨가 말했다.

"그래. 근데 일곱 시라고 얘기한 거 맞지? 걔는 어떻게 된
게 제때 오지를 않아, 계집애가."

'않아'와 '계집애' 사이에 단어 하나를 더 말했지만 듣고 싶지
않았다. 아저씨는 그 못된 말을 지나치게 자주 쓴다.

엄마가 달래는 듯한 목소리로 무어라 말하자 크리스 아저씨

가 또렷이 말했다.

"싫어. 여기서 안 마시고 싶어. 오늘 내리 지옥에서 구르다 와서 그냥 나가서 좀 쉬고 싶어."

이런 점도 싫다. 목소리가 너무 커.

정말 듣고 싶지 않은데, 둘이 내 방 근처에 있는 이상 어쩔 수가 없다. 엄마가 또 뭐라고 말하더니 이젠 발소리가 현관문을 나서서 계단으로 향했다. 엄마가 로지 언니를 데리러 위층에 갔나 보다.

아저씨는 씩씩거리며 현관 근처를 돌아다녔다. 그러다 내 방문이 열리는 바람에 화들짝 놀랐다. 얼마나 예의가 없는지 노크 한 번을 안 했다.

아저씨의 얼굴이 보였다. 말라서 족제비 같다고 해야 하나. 《해리 포터》에 나오는 '필치' 같다. 코는 너무 크고, 눈은 너무 작다. 몸은 얼굴과 다르게 건장한 편이다. 마치 머리만 줄어든 것 같달까. 그렇다면 뇌의 크기까지 설명이 되는데.

"어, 젤리."

아저씨가 나를 빤히 보며 말했다.

"안녕하세요."

인사를 건네고는 다시 숙제를 들여다봤다.

아저씨가 방 안으로 들어와(들어오란 말도 안 했는데 매우 자연스럽게) 작은 카펫을 밟고 섰다. 두 손은 주머니에 넣은 채 방을 둘러봤다. 문득 방이 훨씬 작게 느껴졌다.

"아직도 〈마이 리틀 포니〉 포스터를 벽에 붙여 놨냐? 네 나이가 몇인데."

난 얼굴이 화끈거렸다. 포스터를 붙여 놓은 지는 4년쯤 되었다. 좋은 추억이 많이 담긴 물건이다.

"이제는 아이돌이나 핫팬츠 같은 거에 관심 가질 때지."

그러면서 눈으로 방을 쓱 훑었다.

나는 뭐라 말을 해야 좋을지 모르겠다. 아저씨가 방문과 나 사이에 서 있으니 꼭 내가 갇힌 것만 같다.

"아, 핫팬츠는 아닐 수도 있겠네. 너희 엄마 몸매랑은 영 딴판이니까."

아저씨가 내 다리를 흘낏 보며 덧붙였다.

때마침 엄마가 돌아와 정말 다행이었다.

"여기 있었네! 로지, 지금 오고 있어."

엄마는 내 방문 앞에 서서 밝게 말했다.

계단 쪽에서 발소리가 몇 번 더 나고, 곧 음악 소리가 희미하게 들렸다. 로지 언니의 이어폰에서 새어 나오는 소리다. 언니는 노래를 들을 때 상상 이상으로 음량을 키운다.

"빨리도 온다."

크리스 아저씨가 이렇게 말하고는 내 방문을 활짝 열어 둔 채 나갔다. 쨍강쨍강 노랫소리는 거실 쪽으로 움직였다.

엄마가 방 안으로 들어와 나를 안아 주었다.

"너무 늦지 않게 자야 해. 내일 학교 가는 날이잖아."

나도 엄마를 꼭 끌어안았다. 순간 손을 놓을 수 없을 것 같았지만, 엄마가 몸을 일으켜서 나도 언제나처럼 싱긋 웃으며 끄덕였다. 보기 2번, 웃기.

현관문이 철커덕 닫히자 얼굴에서 보기 2번이 스르륵 사라지고, 찡그린 표정만 남았다.

4

　다시 숙제에 집중하려 했는데, 내 속에 구멍이라도 난 것 같다. 무언가 사라져서 그립고, 그래서 다른 것으로 채우고 싶을 때처럼.

숨겨 둔 힘

내게는 숨겨 둔 힘이 있다

두 손 안에 자리한다

거미보다도 독한 것이

내 영령을 잘 따른다

이 힘으로 눈알을 태우고

숨길을 막고

심장과 뇌와 피를 멈추고

혀를 뽑을 수 있다

그러니 다음에 또 무례하게 굴면,

또는 우리 엄마를 실망시키면,

내가 너에게 어떤 일을 저지를지 생각 좀 해 봐

이 구역질 나게

　　시뻘건

　　인간쓰레기야

　정말로 그런 힘이 있었다면 좋았을 텐데. 그런데 이렇게 시를 쓰고 난 후에도 아직 뭔가가 부족한 기분이다. 그래서 어슬렁어슬렁 거실로 나갔다. 역시나 로지 언니는 소파에 앉아서 휴대폰에 눈을 고정한 채 손끝으로 화면을 이리저리 쓸고 있었다. 여전히 이어폰을 끼고 있기에 내가 다가가서 언니의 어깨를 톡 쳤다. 언니는 펄쩍 놀라더니 욕을 뱉었다.

　"그러지 좀 마! 너 때문에 심장마비 올 뻔했잖아!"

　언니가 이어폰을 뺐다.

　"미안. 근데 언니 뭐 해?"

27

"내 사진 꾸며. 이거 봐."

내가 언니 옆에 앉아서 휴대폰 화면을 들여다봤다. 진짜 예쁜 여자의 사진이다.

"이 사람 누구야?"

내 물음에 언니가 까르르 웃는다.

"나야."

"응?"

"앱으로 이렇게 만든 거야. 내가 보여 줄게."

언니가 여러 가지 옵션, 그러니까 보기를 휙휙 넘겼다. 직접 자기 사진을 찍고 나서 이걸 어떻게 보정할지 선택하는 것이다. 눈동자 색도 바꾸고, 얼굴은 좀 더 갸름하게, 입술은 더 빨갛게, 눈은 더 크게 만들 수 있다.

"네 사진도 해 보자."

생각해 볼 겨를도 없이 언니가 잽싸게 내 사진을 찍었다.

"뭘 바꿔 볼까?"

언니가 손가락으로 화면을 휘저었다.

눈앞에서 내 얼굴이 뭔가 다른 것, 다른 사람으로 변해 버렸다. 언니가 내게 휴대폰을 들어 보이고서 쌩긋 웃었다.

"보여? 너 진짜, 장난 아니게 예쁘다!"

나는 뭐에 홀린 사람처럼 사진을 가만히 봤다. 화면 속 여자애는 나보다 날씬하다. 얼굴도 많이 둥글지 않고, 흐릿하던 녹색 눈동자는 맑아졌다. 입술은 옅은 분홍빛이 나고 머리숱은 많아서 구불거리는 머리카락이 이마를 덮었다. 여자애, 아니 나, 아니 이것은 디즈니 만화에 나오는 공주처럼 생겼다.

"우아."

내가 겨우 말을 꺼냈다.

"이제 보니까 완전히 슈퍼모델 얼굴인데."

로지 언니는 자신의 작품을 자랑스레 여기며 말했다.

"이거 말고 다른 앱으로는 몸 전체를 손볼 수 있어. 내 사진 고친 거 보여 줄게."

몇 초도 안 돼서 언니가 비키니 입은 사진을 보게 되었다. 구릿빛 다리가 길쭉하다. 꼭 향수 광고나 잡지에 나오는 여자 같다.

"일어나 봐. 너도 해 줄게."

언니의 말에 열정이 가득했다.

"싫어!"

이렇게까지 소리칠 생각은 아니었는데 나도 모르게 튀어나와 버렸다.

"아니, 나는… 괜찮아. 안 해도 돼. 정말로. 언니 사진 찍어서 또 해."

언니가 기꺼이 내 말을 따라 주어서 나는 조용히 지켜봤다. 언니의 사진이 버스 정류장의 광고판이나 빌딩 한 면을 뒤덮은 사진처럼 변해 갔다. 매끈하고 늘씬하고 완벽하다. 어딜 가나 보이던 매끈, 늘씬, 완벽한 여자와 꼭 같은 모습이다.

"언니는 저렇게 생겼으면 좋겠어?"

내가 물으면서도 참 바보 같은 질문이라고 생각했다.

"당연하지. 싫어할 사람이 어딨어?"

잠시 후 나는 침대에 앉아 멍하니 벽을 봤다. 자꾸만 고친 내 얼굴 사진이 머릿속을 떠다녔다. 로지 언니가 '장난 아니게 예쁘다'고 했던 사진. 정말 그랬다. 감탄이 나올 만큼 예뻤다. 내가 그렇게 생겼으면 좋겠다는 생각도 든다. 다만 그 사진은 진짜가 아니라는 것. 컴퓨터가 내 얼굴을 나와 전혀 다른 모습으로 바꿔 놓았다. 그렇게 생긴 사람은 아무도 없을 것 같다.

멀뚱멀뚱

벽만 물끄러미 바라본다

매끄럽고

새하얗고

부서진 곳도 없다

하지만 표면 뒤에는

벽돌 여러 개가 있다

    추하고

    울퉁불퉁하고

        모난 벽돌

그리고 시멘트가 벽돌을 단단히 고정한다

벽이 절대 무너지지 않도록

그러니까 매끄럽고, 새하얗고, 부서진 데 없는 것이

벽의 전부는 아니다

사람들은 매끄럽고

      새하얗고

        부서진 데 없는 것을 좋아한다

다만 그 뒤에 무엇이 있는지

보여 주지 않았을 때에만

5

이튿날 아침은 금요일이라 엄마가 눈이 퉁퉁 부은 채 하품을 하며 방을 나왔다.

"어제 저녁은 어땠어요?"

"아, 뭐, 괜찮았어. 그냥 조금…, 글쎄, 약간…, 나도 모르겠다."

엄마가 어깨를 으쓱였다.

"약간 뭐요?"

내가 그릇에 코코팝스를 쏟아부으며 물었다.

엄마는 녹차가 든 머그잔을 들고서 식탁에 앉았다.

"진짜 별일 없었어. 한잔하러 킹스암스에 갔는데 거기에 크리스 친구들이 있더라고. 아, 물론 그 사람들이 불편했던 건아니야. 그럼, 불편할 리가. 근데 전부 다 몇 년 전에 자기들끼

32

리 휴가 갔던 얘기를 자꾸 꺼내면서, 축구할 때 자기 팀이 어쩌고저쩌고. 크리스도 거의 친구들하고만….”

엄마가 잠시 멈칫했다.

“내가 같이 어울릴 수가 없더라. 그게 다야. 그래도 다 같이 있어서 좋았지, 뭐.”

그건 좋다는 사람의 목소리가 아니었다.

“난 그냥 밴드 연주만 들었어.”

엄마가 살짝 밝아진 목소리로 덧붙였다.

“밴드요?”

“응, 그 집에서 이제부터 라이브 음악을 들려주기로 했대. 별의별 곡을 다 연주하더라. 다른 가수 노래도 한두 곡 부르고, 직접 만든 것도 몇 곡 있었는데 좋았어. 어떤 곡은 개에 관한 노래였….”

“개요? 가요에 웬 개?”

엄마는 웃음이 터졌다.

“아, 발라드에 가까운 곡이었어. 개가 어떤 남자를 만나서 친구가 됐는데, 뭐든 자기 멋대로 하려고 남자를 길들이는 내용이야. 진짜 기발하지.”

그러더니 엄마는 생각에 잠긴 얼굴로 계속해서 말했다.

“그리고 노래가 끝날 즈음엔 남자가 개를 소홀히 대하기 시작했고, 그러던 어느 날 발길을 끊었대. 개는 그렇게 혼자 남은 거지. 마냥 기다리면서….”

내가 엄마를 빤히 쳐다봤다.

“와, 그거… 정말 슬픈 이야기네요.”

차마 말은 못 꺼냈지만 그 노래가 참 이상하다고 생각했다. 게다가 엄마가 평소에 좋아하는 노래와 비슷한 구석이 전혀 없었다. 엄마가 좋아하는 노래는 여자가 차이고 나서 복수하는 내용인데.

엄마가 물끄러미 소파 쪽을 바라봤다. 어제 저녁 풍경이 보이기라도 하는 것처럼.

“참 잘 만든 곡이지? 절묘하잖아. 마음을 사로잡은 다음에, 쿵! 하고 슬픈 이야기를 던져서 사람 가슴 아프게 하는, 그런 노래야.”

그러면서 엄마가 두 손으로 머그잔을 감쌌다.

“그 노래 진짜 좋았어. 그리고 가수 목소리도… 사람 마음을 사로잡는 데가 있었지. 그러다가 살짝 머리가 아프기 시작해서 집에 온 거야.”

“엄마 오는 소리도 못 들었어요.”

보통은 크리스 아저씨 목소리에 잠이 깬다.

“혼자 왔거든. 크리스는 친구들하고 클럽에 간다고 했어.”

내가 무슨 남자 친구 전문가는 아니지만, 정말 좋게 생각할 수가 없다. 여자 친구에게 저녁을 사겠다고 데리고 나가서는 신경도 안 쓰고 집에 혼자 돌려보내다니. 나는 말이 튀어나올까 봐 입술을 깨물었다.

엄마는 더 좋은 사람을 만날 자격이 있다.

6

    학교로 걸어가면서 기분이 좀 언짢았다. 그렇다고 내가 새 아빠를 바라는 것도 아니다. 우리 아빠는 오래전에 떠나 버려서 기억도 나지 않는다. 나는 그저 엄마가 괜찮은 남자 친구를 만나서 행복해졌으면 좋겠다.

    운동장에는 아이들과 학부모로 가득 찼다. 여기는 사람 구경을 하기 좋은 곳이다. 성대모사를 잘하고 싶다면 그 사람이 어떻게 걷는지, 이야기할 때는 고개를 어떻게 두는지, 손을 이리저리 흔드는지 아닌지 주의 깊게 관찰해야 한다. 어떤 사람은 표정이 정말 풍부한데, 그런 사람을 흉내 내기가 가장 편하다. 얼굴에 무언가를 드러내지 않는다는 것은 거의 불가능하다. 웃음기나 눈썹의 움직임 없이 말하는 사람은 무척 드물다(직접 해 보면 무슨 말인지 알 것이다). 그런데 에마네 아빠가 딱 그런 사람이다. 내가 에마 앞에서 흉내를 낸 적이 있는데, 에마는 소름이 끼친다면서 다시는 절대 하지 않겠다는 약속까지 받아 냈다.

"젤리!"

케이마가 뛰어왔다.

"야, 이것 좀 봐."

케이마가 한쪽 손을 내밀자 손톱마다 자그마한 보석이 반짝였다.

"예쁘다!"

나는 단번에 전문 숍에서 받은 젤 네일아트임을 알아봤다. 엄마도 시술을 받기 때문에 잘 안다.

"플리스 언니랑 네일 숍에 갔다 왔어."

플리스는 케이마의 언니인데, 카페에서 일한다.

"다음에 너도 우리랑 같이 가자."

케이마는 손가락이 길고 가늘다. 내 손가락은 굵고 손톱은 네모졌다. 나는 손가락을 꿈틀거리며 케이마에게 가짜 미국인 말투로 말했다.

"베이비, 이런 손가락에 매니큐어를 바른다고 예뻐 보일 리가 있겠어요?"

케이마가 웃더니 똑같은 말투로 답했다.

"허니, 자기 자신을 잘 모르는 것뿐이에요. 네일 숍을 믿어봐요. 그 집은 뭘 좀 안다고요."

둘 다 깔깔 웃었다. 케이마는 나만큼 흉내를 잘 내지는 않지만, 재밌고 웃기니까 그런 건 상관없다. 우리가 가짜 미국인 말투를 흉내 낸 지는 몇 년이 흘렀는데, 같이 〈마이 리틀 포니〉를 보기 시작했을 때부터였다. 3학년 내내 케이마는 래리티, 나는 핑키파이였다. 내 방 벽에 포스터를 붙인 것도 그때였다.

산비가 우리 쪽으로 다가와 말을 붙였다.

"케이마, 우리 슈퍼스타킹 얘기 좀 할까?"

"나 아이디어 엄청나게 많아! 뭐, 노래를 불러도 좋고, 아니면 마임을 하거나 개그 콩트를 새로 써서 하거나 체조를 하거…."

산비가 얼굴빛이 하얗게 질린 채 말을 잘랐다.

"나는 재주넘기도 할 줄 몰라! 춤은 어때?"

산비는 토요일마다 인도 춤을 추러 다니는데 정말 잘한다.

"춤? 내가? 지금 장난하는 거지?"

케이마의 반응에 산비가 금세 시무룩해졌다.

오늘은 햇볕이 쨍쨍해서 커다란 교실 창문으로 열기가 쏟아졌다. 아침 수업이 끝났을 무렵 치마가 다리에 쩍쩍 들러붙는 게 느껴졌다. 점심은 맥앤드치즈가 나와서 마지막 한 방울까지 싹싹 긁어 먹었다. 배가 요동쳤다. 음식 때문이 아니라 점심시간 뒤에는 체육 시간이기 때문이다.

나는 체육 시간이 좋다. 밖에서 뛰어다니는 게 좋다. 난 힘도 세고, 빠르고, 공을 잘 다룬다. 다만 체육 시간 전후에 벌어지는 일이 너무 싫다.

담임 선생님이 출석 확인을 다 마치자 존스 선생님이 교실로 들어왔다. 선생님은 둥근 얼굴에 눈 사이가 넓고, 코는 길쭉하게 뻗어 있다. 항상 오렌지 같은 향을 풍기고, 형광 끈으로 묶은 운동화 차림이다.

"자, 여러분! 갑시다!"

존스 선생님의 목소리는 늘 고음인 데다가 조금 시끄러운 편이다. 아무래도 실외에서 소리 높이는 데에 너무 익숙해서 평범하게 말하는 법을 잊은 것 같다.

작년까지만 해도 남자고 여자고 모두 같은 교실에서 옷을 갈아입어야만 했다. 그게 참 싫었다. 다들 나를, 정확히 말하자면 내 허리쯤에 달린 크림빵을 쳐다보는 기분이 들었으니까. 올해부터는 남자애들이 교실에서 옷을 갈아입고, 여자애들은 복도 끝 공간으로 이동한다. 전보다 나아지긴 했지만 여전히 불편하다. 다른 여자애들은…, 뭐랄까, 나처럼 생기지 않앉으니까. 저 늘씬한 몸이며 빼빼 마른 다리를 보고 있으면 내 몸이 창피해서 얼굴이 다 화끈거린다. 여자애들이 뭐라 말을 하지는 않지만, 나는 안다. 쟤네가 나를 보며 무슨 생각을 하는지 그냥 다 안다.

'쟤처럼 안 생겨서 얼마나 다행인지 몰라.'

쳐다보지 마

쳐다보지 마

날 보지 마

표면 아래에 뭐가 있나 보지 마

충격에 휩싸여 눈을 키우지 마

몸서리치며 코를 찡그리지 마

피부를 보지 마

지방을 보지 마

내 겉에 붙은 속을 보지 마

쳐다보지 마

오늘은 축구를 하는 날이다. 나는 축구를 잘한다. 움직임이 빠르고 공을 잘 다룬다. 팀을 짜는데 베리티 휴스가 나를 골랐다. 우리 팀은 빨간 조끼를, 상대 팀은 노란 조끼를 입었다. 축구 조끼는 몇 년을 쓰던 것이라서 (참고로 구석구석이 다 쓰러져 가는 학교다.) 내 조끼의 아래쪽 고무줄이 더 이상 늘어나지 않고 축 늘어졌다.

"이거 봐. 내 건 고무줄이 다됐어!"

내가 옷단 아래에 두 엄지손을 찔러 넣으며 말했다.

"다행이네! 아니었음 반토막 났을걸."

베리티가 활짝 웃어 보였다.

나도 같이 웃었다. 베리티는 우리 반에서 가장 하얗고, 마르고, 능청스러운 여자애다.

존스 선생님이 빨간 팀과 노란 팀을 운동장 한 구석으로 보냈다. 월은 노란 팀이었는데 시합 직전에 나에게 외쳤다.

"야, 안젤리카, 내가 코를 납작하게 해 주지!"

"꿈도 야무지시네!"

내가 쏘아붙이면서 경기가 시작됐다. 베리티는 축구 실력이 형편없다. 차는 힘은 세지만, 방향 조절을 못해서 스로인 공격권을 넘겨주는 일이 잦다. 그럴 때마다 짜증이 난다. 곧 3 대 0이 되자 월은 덩치 큰 까마귀가 우연히 먹잇감을 발견한 것처럼 우쭐댔다.

"내가 한 말 기억하냐, 안젤리카?"

내가 월의 머리 위쪽으로, 골대를 향해 있는 힘껏 공을 뻥

찼는데, 너무 높았다. 역시 화가 난 상태로 공을 차면 실력을
제대로 발휘할 수 없다. 공은 약 3미터를 날아 크로스바를 넘
어가는 바람에 공격권이 넘어가 버렸다. 여기저기서 야유가
터져 나왔다.

"미안! 내가 힘이 이렇게 센 줄 몰랐네!"

내가 소리치자 윌이 고개를 내저으며 빈정거렸다.

"젤리, 너 헐크 같아. 헐크도 화나면 힘을 주체할 수가 없잖
아."

"나 화 안 났는데."

내가 화난 목소리로 대꾸했다. 느닷없이 공이 휙 소리를 내
며 다시 날아왔다. 난 놀라서 돌아서다 넘어졌는데, 이상하게
무릎을 꿇은 자세로 엉덩방아를 찧고 말았다. 윌이 요란하게
폭소를 터뜨렸다.

"괜찮아?"

베리타가 손을 내밀었지만, 걔도 웃음을 감추지는 못했다.

"아무렇지도 않아."

아파서 고인 눈물을 삼키려고 눈을 깜빡거렸다. 그러고는
일어서서 또 보기 2번을 택했다.

"너희 방금 나 봤어? 절벽에서 하마가 떨어지는 줄 알았네!"

나는 또 몸소 보여 주겠다고 일부러 쿵 하고 넘어졌다. 이번

에도 역시나 무릎을 꿇은 채였다. 나머지 애들은 웃고, 내 속은 어쩐지 찌르르 아파 왔다. 그래도 멈출 수 없었다. 애들이 웃는다는 것은 나를 좋아한다는 뜻이고, 그거야말로 내가 바라는 바이니까.

존스 선생님이 무슨 일인지 살펴보러 다가왔다.

"너희 팀일 줄 알았다. 안젤리카, 너는 참 재미있긴 하지만 지금은 시합 중이잖니."

선생님의 말에 윌이 확신하며 말했다.

"아, 선생님, 걱정 마세요. 쟤네 다 꺾고 저희 팀이 이길 거예요. 지금까지 3 대 0이거든요."

존스 선생님이 베리티를 흘깃 쳐다보며 물었다.

"다 같이 패스 기술 연습했잖아. 너 어떻게 하는지 기억은 하는 거야?"

"네, 그럼요."

거짓말. 베리티는 여태 아무한테도 공을 패스한 적이 없다.

"자, 이제 5분밖에 안 남았으니까 지켜보겠다. 어느 팀이 공격할 차례지?"

체육 시간이 끝나기 전 5분 동안 선생님의 감시 덕분에 별일은 없었다. 베리티는 아까보다 시합에 더 집중했다. 그래서인지 기적 같은 순간에 내게 패스했고, 세게 찬 공이 사피라를 지나쳐 곧장 골대로 들어갔다.

"좋아!"

내가 골 세리머니로 비행기처럼 양 팔을 뻗어 운동장을 이리저리 뛰어다녔다.

최종 득점은 3 대 2로 끝이 나긴 했지만, 마지막 순간 내가 헤딩한 공이 골대의 왼쪽 위 구석을 맞으며 들어갔다. 진짜 예술이었다.

"너 학교 대표 팀에 들어가야 되는 거 아니냐?"

월이 내게 말하자 존스 선생님이 들었는지 호루라기를 불었다.

"안젤리카, 월 말이 맞다. 12세 이하 팀에 지원해 보면 어떻겠니?"

잠시 동안 마음이 뿌듯했다. 그런데… 설마 아기 코끼리 같은 애를 학교 대표로 뽑겠어? 내가 선수 버스에 올랐을 때 상대 팀이 키득거리는 장면을 상상했다…. 나는 어찌됐든 축구 조끼의 고무줄조차 몸에 맞지 않는 여자애다.

"음, 엉덩방아 찧는 선수를 찾는다면 그건 진짜 자신 있어요."

존스 선생님이 고개를 내저었다.

"안젤리카, 뭐든 좀 더 진지하게 대한다면 훌륭한 선수가 될 거야."

그러고는 모두에게 외쳤다.

"옷 갈아입을 시간이다!"

그렇게 다시 불쾌한 시간이 돌아왔다. 교복을 갈아입는데 이번에는 마음이 더욱 불편했다. 조금 전에 칭찬을 듣고부터 기분이 이상하고 주위의 시선을 의식하게 되었기 때문이다. 내가 옷을 갈아입는 내내 벌건 얼굴은 벽을 향했다. 큼직한 체육 가방이 줄지어 걸려 있었다. 그 아래쪽에 쌓아 올린 도시락에서는 음식 냄새가 풍겼다.

하나같이 냄새가 역하다

요구르트 병이나 장화나

수입 식품 코너의 절인 고기나

소고기 육포나 돼지고기 삼겹살이나

하지만 이만큼 역한 냄새는 없을걸

땀범벅이 된 젤리

7

금요일 하굣길은 언제나 마음이 놓인다. 이번 주도 지나갔
다! 또 한 주가 끝났고, 나는 잘 버텼고, 사람들은 아직도 나를
좋아한다! 그러니까 체육 시간에 옷 갈아입기가 아무리 생지
옥 같았어도 집으로 가는 길에는 기분이 퍽 좋았다. 나는 주말
이 좋다.

아파트 계단을 뛰어오르며 콧노래를 흥얼거렸다. 그런데 집
에 들어서자마자 옷걸이에 걸린 남성용 재킷이 눈에 들어왔다.
몸이 그대로 굳어 버렸다. 크리스 아저씨의 재킷에서는 특유의
냄새가 난다. 먼지와 엔진오일 냄새. 그도 그럴 것이 취미가 모
터크로스 참가다. 모터크로스는 위험하기 짝이 없는 오토바이
경주다. 그 냄새를 맡으니 속이 메스꺼워졌다. 오늘 크리스 아
저씨가 올 줄은 몰랐다. 특히나 어젯밤에 엄마를 혼자 돌려보

내 놓고서. 뭔가 서늘한 기운이 온몸을 감쌌다. 좀 전까지 기분 좋았는데, 이제 크리스 아저씨가 다 망쳐 버렸다!

엄마 방에서 소리가 새어 나왔다. 키스를 하는 것 같은데 듣고 싶지 않은 소리다. 내가 열고 들어온 문은 아직도 열려 있다. 옷걸이에는 엄마의 핸드백이 걸려 있다.

내가 무슨 짓을 하는지 알아차리기도 전에 손은 이미 핸드백을 뒤적이고 있었다. 지갑을 꺼내 10파운드짜리 지폐 한 장을 빼냈다. 그러고는 현관문을 아주 조심스레 당겼다. 내가 여기 있었다는 사실은 아무도 모를 거다.

엄마의 맹추 같은 남자 친구 때문에 카페에서 한 시간을 때워야 한다면, 밀크쉐이크와 브라우니 정도는 사 줄 수 있잖아.

오늘은 플리스 언니가 카페에서 일하는 날이다. 우리 아파트에서 걸어갈 만한 거리에 있는 카페 두 군데 중에 이곳이 더 근사하다. '판타스틱 커피'라는 곳인데, 가게 이름이 정말 촌스럽지만 체인 카페보다 저렴해서 항상 사람이 붐빈다. 게다가 주인이 가게를 미국 식당처럼 전부 빨간 가죽과 은색 금속으로 꾸며 놓아서 멋스럽다. 창문에는 네온 간판까지 붙어 있어서 밤이 되면 '판타스틱 커피'라는 이름이 초록빛을 낸다.

플리스 언니가 나를 보고는 함박웃음을 지어 보였다. 언니는 케이마와 붕어빵인데 나이만 다섯 살 차이가 날 뿐이다. 막내 여동생 홀라까지 정말 똑같이 생겼다. 마치 복제 인간 셋을 보는 기분이랄까.

"젤리! 너 보니까 진짜 반갑다! 혼자 왔어?"

"응."

혼자냐는 말에 마음이 아팠지만 웃었다.

"뭐 줄까? '억만장자의 비스킷'이라고 있어. 백만장자랑 비슷한데 초콜릿이랑 사탕 조각이 한 겹 더 올라간 거야."

"으음."

입맛을 다실 수밖에 없었다.

"그거 먹었다간 다이어트 실패하겠는데."

내 말에 언니가 눈을 번쩍 뜨고 물었다.

"네가 다이어트를 한다고? 장난해? 지금도 충분히 빛나는데 뭐 하러 해!"

내가 불쑥 미국인 말투로 말하기 시작했다.

"허니, 어쩜 그런 말을 해 주다니 이런 귀한 사람을 봤나! 그런데 도통 무슨 말씀인지 모르겠군요. 저는 아침마다 준비하는 데 겨우 두 시간 밖에 안 걸리는걸요. 사실 침대에서 바로 일어났을 때에도 이런 모습이라고요!"

플리스 언니가 까르르 웃었다.

"이런 거 진짜 잘한다니까. 너 보면 미국 리얼리티 쇼에 나오는 사람 같아. 너도 방송에 한번 나가 봐."

언니가 두툼하게 잘린 비스킷 하나를 새하얀 접시에 밀어 놓으며 물었다.

"이거랑 음료는 뭐 마실래? 아이스 초코 캐러멜 크림?"

"아이스, 뭐라고?"

"내 말 믿고 마셔 봐."

커다란 병에 우유를 따르더니 추가로 재료를 이것저것 넣기 시작했다.

"한번 맛보고 맛없으면 내가 돈 도로 돌려줄게. 까무러치게 맛있을걸."

나는 엄마 돈 10파운드를 내고서 쟁반을 들고 딱 하나 남은 빈자리로 향했다. 그곳에는 아직 이전 손님이 쓰던 빈 그릇이 놓여 있었다. 왜 사람들은 뒷정리를 깔끔하게 안 하는 걸까? 툴툴대며 가방을 바닥에 툭 던져두고는 들고 온 음료와 비스킷을 탁자에 내려놓았다. 그리고 빈 접시며 컵을 쟁반에 쌓아서 수거 함 위에 올려 두었다. 다시 자리로 돌아오니 어떤 남자가 탁자 옆에 서서 무언가를 바라는 듯 탁자를 내려다보고 있었다. 남자는 한 손에 카페라떼 한 잔을 들고, 다른 손에 기타 케이스를 들었다. 바로 옆자리에 유모차가 있어서 기타가 조금 걸리적거리는 모양이다.

"실례지만 여기 제 자리예요."

내가 말을 걸며 남자를 지나가려고 몸을 꿈틀거렸다.

"이런. 급한 일로 나가신 줄 알고 제가 앉아도 되지 않을까 기대했어요."

"죄송합니다."

그리고는 자리에 앉았다. 남자가 한숨을 쉬더니 앉을 자리를 찾아 360도를 돌아보았다. 빈자리가 어디에도 없다.

이제는 내가 제안하지 않으면 안 될 것 같은 기분이 들어서 나도 한숨을 쉬었다.

"괜찮다면 여기 앉으셔도 돼요."

내 앞자리를 가리키며 말했는데, 내가 듣기에도 왠지 부탁하는 목소리처럼 들렸다.

"정말이요? 불편하게 만들고 싶진 않은데."

내가 남자를 제대로 쳐다보았다. 키가 크고 자세가 구부정하다. 키 큰 사람이 자기보다 작은 사람들 틈에서 너무 눈에 띄지 않으려고 몸을 조금 굽힌 듯한 느낌이다. 머리칼은 어두운 색에 약간 곱슬하고, 피부는 햇볕에 탔는지 거무스름하고 주근깨가 많다. 눈은 갈색인데 뭔가 다정해 보이고, 목소리는 꽤 굵다. 옷은 얇은 셔츠에 갈색 가죽 재킷을 입었는데, 재킷의 가장자리가 해졌다. 그러고 보니 3학년 때 담임 콜러리 선생님이 떠오른다. 진짜 좋은 분이었는데.

크리스 아저씨와 달리 처음 만난 남자의 머리는 몸에 알맞은 크기다.

"괜찮아요."

"음, 고맙습니다."

남자가 말하며 커피 잔을 탁자에 내려놓았다. 그러고는 자리에 앉으며 조심스레 기타 케이스를 움직여서 무릎 사이에 세로로 불쑥 튀어나오게 두었다. 그걸 보고 내가 살짝 웃자 남자가 말했다.

"나도 알아요. 들고 다니기 편한 물건은 아니죠. 하모니카처럼 주머니에 넣을 수도 없으니."

"하, 뭐라고요?"

"설마 하모니카가 뭔지 몰라요? 요즘 학교에서는 뭘 가르치는 거지?"

남자의 눈동자가 천장 쪽을 향했다.

"수 가르기와 모으기, 명사구 만들기 같은 거요."

이제는 남자가 나를 빤히 쳐다보았다.

"그게 다 무슨 소리죠?"

"아, 그게…."

난 도저히 참을 수가 없어서 등을 꼿꼿이 펴고 머리를 살짝 낮추었다. 탁자 아래로는 발을 한 번 까딱여서 발가락이 안쪽을 향하게 두었다. 담임 렌크 선생님의 목소리가 입에서 나와 버렸다.

　"명사구란 문장의 토막 중에서 명사가 포함된 것이랍니다. 명사에 살을 붙일 때에는 관형어를 추가해서 더욱 재미있게 표현할 수 있어요. 이를테면 '여자아이가 탁자에 앉았다.'는 '생기발랄한 여자아이가 둥근 탁자에 앉았다.'가 될 수 있겠지요. 명사구가 확장되면 글이 더욱 재미있어진다고요."

　남자가 내 말에 미소 지었다.

　"그건 또 누구예요?"

　"저희 담임 렌크 선생님이요."

　내가 성대모사를 관두고 다시 축 늘어지며 덧붙였다.

　"맨날 이런 식으로 얘기하세요."

　"코도 자주 훌쩍이는 거예요?"

　"네, 항상 그러세요. 코에 달고 다니는 화장지를 개발해 드려야 할 정도라니까요."

　어, 이 아이디어 참 맘에 든다. 꼭 기억해 놨다가 나중에 성대모사 할 때 써먹어야지.

　"내가 학교 다닐 때와는 많이 달라졌네요. 들어 보니 재미가 없어진 것 같아요. 하모니카도 안 가르쳐 주면서 구인지 뭔지 확장하는 게 무슨 의미가 있나 모르겠어요."

그러면서 재킷 주머니에서 작은 직사각형의 물건을 꺼냈다. 수학 수업에서 배운 바로는 작은 직육면체라고 해야 맞다. 혹시 궁금한 사람을 위해서 설명하자면 직육면체는 모서리가 열두 개, 꼭짓점이 여덟 개, 면이 여섯 개다. 짤막하게 렌크 선생님 흉내를 내면서 이 내용을 설명해 줄까 잠시 망설였지만, 관두기로 했다. 오늘 처음 만났는데 두 번이나 보면 당황스럽겠지.

남자가 그 직육면체(진심으로 이 단어를 실생활에서 쓰는 사람이 있기는 할까?)를 들어서 입술에 가져다 대고 불었다. 그러자 작은 트럼펫 같은 소리가 났다. 남자가 그대로 몇 음을 이어 연주했다. 주변에 앉은 사람들이 몸을 돌려 눈살을 찌푸렸다. 나는 그 광경을 보며 기분이 좋았다. 보통은 어른들이 나 때문에 얼굴을 구기니까.

"이게 하모니카라는 거예요."

그러고는 그것을 나에게 건네며 덧붙였다.

"작은 악기죠. 제법 쓸모가 있어요. 곡을 연주하고, 또 화음을 맞춰서 반주를 할 수도 있거든요. 블루스나 컨트리 음악에서는 인기가 많은 악기예요."

"우아, 뭔가 멋진데요."

남자는 흐뭇한 얼굴로 하모니카를 다시 주머니에 넣었다.

"그런데 다들 너무 과소평가하죠. 유튜브에서 한번 찾아 봐요. 소니 보이 윌리엄슨하고 스티비 원더."

"알겠어요."

난 대답한 뒤 억만장자의 비스킷을 한입 베어 물고 거의 기절할 뻔했다. 그 정도로 맛있다.

"어머나, 세상에!"

남자가 빙긋 웃었다.

"그거 맛있겠는데요."

나는 말을 할 수 없었다. 비스킷을 먹는 도중에 이야기하면 부스러기 때문에 숨이 턱턱 막힐 테니까. 난 학교만 다녀오면 항상 배가 무척 고프기 때문에 이 억만장자도 곧 '전 억만장자'가 되겠다. 캐러멜 크림인가 뭔가는 맛이 훌륭하다.(그러므로 돈을 돌려받지 않을 것이다.) 이로써 크리스 아저씨 때문에 집에서부터 매스껍던 속이 편해지기 시작했다.

그때 유모차를 끌고 온 옆자리의 여자가 일어났다. 유모차가 빠져나가려면 내 앞에 앉은 남자가 몸을 웅크릴 수밖에 없었다.

"고맙습니다. 정말이지 이런 건 좀 더 작게 만들어야 돼요!

지난번엔 문틈에 끼어 버렸지 뭐예요! 엄마들은 아무 데도 안 다니는 줄 아나 봐요!"

난 귀를 쫑긋 세우고 여자의 목소리를 들었다. 목소리가 상당히 독특할 뿐더러 여자는 'ㅁ'을 발음할 때마다 입술을 특이하게 움직였다. 여자가 문을 닫고 나갈 때쯤 나는 별생각 없이 여자의 입술 모양을 똑같이 따라 하기 시작했다.

남자가 자기 뒤쪽에 생긴 빈자리를 힐끔 보더니 말했다.

"내가 자리 옮기는 게 편하면 저쪽으로 갈게요. 더 넓게 써요."

난 아까 그 여자의 목소리로 말했다.

"정말이지 이런 탁자 같은 건 좀 더 작게 만들어야 돼요. 그래야 자꾸 웅크릴 일이 없을 거 아니에요! 아니지, 탁자를 아예 없애 버려야 돼요. 그래야 이런 문제가 안 생길 거 아니에요!"

남자의 눈썹이 올라갔다. 놀라우면서도 재미있는 듯한 표정이다.

"정말 잘하는데요. 방금 그분하고 똑같아요! 귀도 밝고, 목소리에 진짜 예민한가 봐요. 맞죠?"

내가 어깨를 으쓱이며 웃어 보였다.

"성대모사 하는 걸 좋아해서 학교 장기 자랑 대회에도 나갈 거예요."

"그럼 우승은 따 놓은 당상이네요."

이렇게 말하며 남자는 옆자리로 옮겨 갔다. 그러고는 휴대폰을 꺼내 들고 화면을 만지작거리더니 무언가 읽는지 눈동자가 왼쪽에서 오른쪽으로 바삐 움직였다. 나는 컵의 표면에 생긴 물방울을 괜스레 닦아 내며 창밖을 내다봤다. 사람들이 지나다니는데 어떤 사람은 빠르게, 또 어떤 사람은 천천히 걸었다. 중학교 수업이 끝났는지 십 대 무리들이 거리를 서성이며 서로 소리치고, 밀치고, 휴대폰을 확인했다. 여학생들은 치마를 접어 올려서 호리호리한 다리를 뽐냈다. 남학생들은 바지를 느슨하게 허리쯤까지 내려서 속옷 윗부분을 드러냈다. 패션이란 참 이상하다.

저 많은 사람들, 저렇게나 행복한 표정의 사람들을 바라보면서 생각했다. 저 중에, 어딜 가도 어울리지 못한다는 이유로 집에서 꺼림칙한 시를 쓰는 사람은 없겠지. 다른 사람들은 하나같이 알아서 잘 살아가는데 왜 나는 아직도 모르는 걸까?

사람 구경

창가에 앉아 사람들이 지나가는 모습을 지켜본다

56

사람들은 소리치거나 낄낄 웃고, 빙긋 웃거나 운다

이 유리창 뒤에서 나는 세상에 들지 않은 채

컵을 감싼 두 손에는 힘이 잔뜩 실려 있다

그리고 정말 괴상한 것은 내가 나가면,

저 문만 통과하면 의심병에 시달린다는 사실

하루하루 부딪쳐 버렸다고 확신을 하면서도

그게 다일 뿐, 그 이상을 느껴 본 일은 없다

"그럼 또 봐요."

그 소리에 번뜩 정신이 들었다. 맞아, 여기 카페였지. 기타와 하모니카를 갖고 다니는 남자가 내 자리 옆에 서 있었다. 조금 전의 커피 잔은, 둘레에 베이지색 우유 거품만 작게 구름처럼 붙어 있을 뿐 속이 텅 비었다.

"아! 안녕히 가세요."

내 말에 남자가 미소 지었다.

"계속 연습해서 재능을 잘 살려 봐요. 하모니카 연주자 이름도 잊지 말고요. 소니 보이 윌리엄슨하고 스티비 원더."

"기억할게요. 고맙습니다."

남자는 익숙하게 몸을 움직여서 카페로 들어오는 사람을 잘 피해 갔다. 뭐든 기타 케이스와 부딪치는 일은 없었다. 나도 기타를 쳐 보고 싶다. 내가 연주할 줄 아는 악기는 없다. 일곱 살에 친구들이 클라리넷이나 바이올린을 배우기 시작했을 때, 엄마는 여윳돈이 없다고 했다. 지금은 일이 잘 되니까 기타 수업을 듣고 싶다고 얘기해 봐도 좋을 것 같다.

점점 더 많은 사람들이 카페로 몰려오고, 내 접시와 컵은 모두 비었다. 나는 어떻게 들어왔나 싶게 좁은 틈을 마지못해 비집고 나왔다. 그러고는 가방과 쟁반을 들어 수거 함으로 갔다. 플리스 언니에게 인사를 하고 싶었는데, 언니는 방금 들어온 여학생 셋에게 각기 다른 세 가지 스무디를 만들어 주느라 바빴다. 그래서 잠시 망설이다 카페를 나섰다.

집에서 나온 지 40분 정도 되었으니까 이제 다시 집으로 가도 되겠지. 난 천천히, 체육 가방을 질질 끌며 인도를 따라 걸었다. 가방에 흠집이 나든 말든.

내가 현관문을 열자 방금 전과 똑같은 재킷이 옷걸이에 걸려 있다. 냄새도 여전하다. 아직도 있다는 뜻이지. 속이 불편하지만 숨을 들이마시며 '나 멀쩡해요.' 하는 목소리로 외쳤다.

"저 왔어요!"

8

"젤리 왔구나! 곧 나갈게! 크리스가 집에 와 있어."

엄마의 목소리가 화장실에서 들려왔다.

"알았어요."

도대체 뭘 알았다는 건지 모르겠지만 일단 나도 큰 소리로 답했다.

그러고는 거실로 가서 탁자 옆에 가방을 아무렇게나 던져 놓았다. 크리스 아저씨가 일인용 소파에 몸을 축 늘어뜨리고 앉아서 리모컨으로 텔레비전 채널을 이리저리 돌리고 있었다. 그러다가 고개를 들고서 내게 묻더니 다시 텔레비전을 쳐다봤다.

"별일 없지?"

"네."

나는 거짓말을 했다.

엄마가 보디 샴푸 향을 퍼뜨리며 나왔다. 민소매와 하늘거리는 치마 차림에 피부는 발그스레했다.

"멋쟁이 우리 딸, 잘 다녀왔어?"

나를 안아 주며 엄마가 인사했다.

아저씨가 코웃음을 치더니 눈길은 여전히 텔레비전을 향한 채 중얼거렸다.

"둘이 가족이라고 누가 상상이나 하겠어."

엄마는 멋쟁이가 맞다. 그래서 나도 아저씨가 무슨 말을 하는지 잘 안다. 아는데 마음이 쓰렸다.

엄마가 마음에도 없는 듯한 웃음소리를 내며 내 얼굴을 두 손으로 감싸 쥐었다.

"그냥 젖살이지. 얘도 이제 십 대가 되면 날씬해질 거야. 두고 보라고."

크리스 아저씨에게 말하면서 나를 보고 미소 지었다.

나도 엄마에게 웃어 보였다. 동시에 머릿속에서 '젖살'이라는 단어를 벅벅 지우려 노력했다.

잠시 엄마가 얼굴을 찡긋하더니 슬쩍 시계를 쳐다봤다.

"근데 평소보다 좀 늦게 온 거 아니야? 수업 끝나고 무슨 일 있었어?"

카페 얘기를 꺼낼 수는 없다. 솔직히 털어 놓으면 엄마는 거기 갈 돈이 어디서 났느냐고 물을 테고, 그럼 난 또 거짓말을 해야 한다. 아니면 적어도 내가 더 일찍 집에 왔었단 사실을 엄마가 알게 되겠지.

나는 지나치게 자세히 설명해 버렸다.

"네, 키건 선생님이 저랑 케이마더러 수업 끝나고 도서관에서 책 정리하는 것 좀 도와 달라고 하셨어요. 근데 막상 가서 보니까 책이 생각보다 훨씬 많더라고요. 아무튼 계속 정리를 하는데 수위 아저씨가 오셔서는 '너희 이 시간까지 여기서 뭐 하니? 나는 여기 천장의 전등 좀 손보러 왔다.'라고 하시는 거예요. 그 소리에 키건 선생님이 '어머, 얘들아. 정말 미안하구나. 시계가 고장 나는 바람에 내가 시간 가는 줄도 몰랐네!' 하시니까 수위 아저씨가 대뜸 '아니, 이젠 시계가 고장 났는데도 날 찾는 사람이 없다니. 이런 일은 진작에 말씀해 주셨어야죠!'라고 하시더라고요. 그 말에 키건 선생님이 창백한 얼굴로 파들파들 떨면서 자기 잘못이 아니라고 하셨어요. 그런 뒤에…"

숨을 한 번 깊게 들이쉬고서 계속했다.

"케이마랑 매번 가던 길로 나갔는데 교문이 벌써 잠겼더라고요. 그래서 다시 학교 건물로 들어가서 교무실 쪽 문으로 나왔어요. 죄송해요. 문자 메시지라도 보냈어야 했는데. 그래도 저 칭찬 받았어요!"

이건 엄마가 확인할 길이 없으니까 문제될 일 없는 거짓말이다.

크리스 아저씨가 대놓고 한숨을 푹푹 쉬며 지루한 티를 내더니 텔레비전 음량을 높였다.

"칭찬 받았어? 그렇담 집에 좀 늦게 올 만하지."

엄마가 기쁜 얼굴로 말을 이었다.

"괜찮아. 내가 괜히 혼자서 너무 걱정했나 보다."

난 아무 말도 하지 않았다.

"크리스 왔으니까 오늘 저녁에는 중국 음식 배달시켜 먹으면 어떨까?"

"아저씨 여기서 자고 가요?"

내가 아저씨를 힐끔 보며 물었다.

엄마는 어색하게 웃으며 뒤로 돌아섰다.

"아, 아직 몰라. 거기까지는 생각 안 해 봤어. 차 한잔 마실래?"

난 엄마를 따라 부엌으로 가서 조용조용 물었다.

"엄마, 어젯밤 일 때문에 아저씨한테 아직 화난 거 아니에요?"

엄마가 또 억지웃음을 웃어 보였다.

"화라니? 젤리야, 엄마 화난 적 없어."

"아저씨가 엄마한테 집에 혼자 가라고 했다면서요."

"크리스가 가라고 한 건 아니야."

엄마가 전기 주전자의 버튼을 누르며 내 말을 바로잡았다.

"내가 혼자서 가겠다고 마음먹은 거지. 젤리야, 정말 별것도 아닌데 너무 심각하게 생각할 필요 없어!"

엄마가 날카로운 목소리로 말했다. 나는 야단이라도 맞은 것처럼 기분이 이상했다. 창피하다는 생각에 휩싸였다. 그냥 아무 말도 하지 말걸. 난 어떻게든 이 일을 어물쩍 넘어가려고 입을 뗐다.

"아 참, 저 농담 새로운 거 알았어요! 똑똑!"

엄마가 한숨을 쉬며 물었다.

"누구세요?"

"야호입니다."

"야호요?"

"저런, 저도 당신을 만나게 돼서 정말 신나요!"

엄마는 이게 무슨 소린가 싶었는지 멈칫하다가 이내 입가에 헛웃음을 띠었다. 눈은 꿈쩍도 하지 않았다.

"아주 재밌네."

나는 불안해졌다. 농담이 별로 재미가 없었나 보다.

"그럼 다른 거 해 볼게요. 똑똑."

"젤리야….''

"얼른 답해 봐요."

내가 재촉했다.

"누구세요?"

"액입니다."

"액요?"

"그거야 얼마든지 부려 드릴 테니 문부터 열어 주셔요!"

"그것도 괜찮네."

엄마가 끄덕였다.

"또 하나 있는데….''

"아니, 젤리야, 그건 나중에. 일단 지금은 네가 저녁 메뉴부터 고르면 어떨까?"

억만장자의 비스킷을 먹은 지 딱 한 시간이 지났을 뿐인데, 속은 텅 빈 것처럼 허전했다. 주문한 음식이 도착하고서 나는 지나치게 많이 먹어 버렸다.

그 뒤에, 한참 뒤에 내 방으로 들어가 일기장을 펼쳤다.

젖살

젖을 먹는 아기는 귀엽다
온통 보들보들 토실토실
가만히 누워 헤헤 웃음 짓고
바닥을 엉금엉금 기어 다닌다

아기 티를 벗었는데 뚱뚱하면 게으르다
뚱뚱한 사람이 잘못이다
텔레비전에서는 그렇게들 말한다
그 사람들이 슬픔에 잠겼다고 한다

그러니 내 몸집 얘기하면서
젖살 얘기는 꺼내지 말아 줘
아기의 젖살은 귀엽고
내 경우는 전혀 아니니까

아침에 현관문이 쾅 하고 닫히는 소리에 잠이 깼다. 엄마는
울고 있었다. 나는 천장을 멀뚱멀뚱 바라보며 속에 폭풍이 몰
아치는 것을 느꼈다. 어제 저녁 먹는 자리에서 느낀 것과 다를

바 없었다. 곧 몸을 일으켜 엄마 방으로 갔다.

엄마가 잠옷 차림으로 침대 한쪽에 앉아서 양손으로 머리를 감싸 쥔 채 떨고 있었다. 난 엄마 옆에 앉아서 어깨에 손을 얹었다. 엄마가 코를 크게 한 번 훌쩍이더니 화장지를 뽑아 얼굴을 닦아 냈다.

"아, 젤리야. 미안해. 나 때문에 깼어?"

"아니요."

거짓말을 했다.

"무슨 일 있어요?"

"아…."

엄마의 숨소리가 떨렸고 눈길은 아래로 떨구어져 있었다.

"크리스가 떠났어. 그게 다야."

그러고는 어깨를 으쓱이며 말을 이었다.

"그러니까 대충 예상했던 일이야. 이젠 내가 지겹대. 문자 메시지를 너무 많이 보낸다나. 자기는 얽매이고 싶지 않대."

"얽매인다니 그게 무슨 소리예요?"

"내가 결혼이든 뭐든 해 보려고 애쓰는 것 같아서 너무 답답하대."

엄마의 눈물이 또 한 번 넘쳐흘렀다.

"난 항상 일을 엉망으로 만들지. 어렸을 때도 제대로 할 줄

66

아는 게 하나도 없었어! 이제는 좀 익숙해질 때도 됐는데."

엄마가 잠시 입술을 깨물고는 다시 입을 열었다.

"또 우리 둘만 남았구나."

"전 그게 좋아요. 둘이면 충분하잖아요."

엄마가 내 이마에 입을 맞추었다.

"이제 샤워 좀 해야겠다."

나는 그대로 침대에 잠시 앉았다. 물론 엄마의 일은 마음이 아프다. 엄마가 속상해하는 모습은 정말 보고 싶지 않다. 그런데 더 이상 크리스 아저씨가 찾아올 일이 없다는 게 정말 안심이 된다. 난 그 아저씨가 싫었다. 엄마한테 잘해 주지도 않았다. 엄마 같은 여자 친구를 왜 마다하는지 도무지 이해가 안 간다. 다정하고 나무랄 데 없는 데다가 예쁘기까지 한데. 엄마가 미소(진심에서 우러나오는 미소)를 머금을 때면 웃음이 곧바로 눈가에 번져서 눈이 반짝인다. 그런 미소를 보고 있으면 마음이 따뜻해진다. 나까지 기분이 좋아진다.

무엇이 아름답냐고 물으면 엄마는 마스카라나 하이힐, 스키니진을 얘기할 것 같다. 미용 사업을 하니까 엄마도 잘 알 거라 생각한다.

그런데 나는, 미소 지을 때 반짝이는 눈이야말로 정말 아름답다고 말하고 싶다.

9

일요일 오후 산비와 나는 케이마의 방에 모였다. 케이마는 방이 네 개인 연립주택에 사는데, 아래층에는 넓은 부엌과 식사 공간, 그리고 거실도 있다. 플리스 언니와 케이마, 훌라가 방을 각자 따로 쓰다 보니 나한테 이 집은 무척 거대하게 느껴진다. 훌라는 두 살 어린 동생이라 귀엽지만 살짝 귀찮을 때도 있다. 케이마가 뭐라도 하기만 하면 자기도 하겠다고 나서기 때문이다. 훌라가 졸졸 따라다니는 것을 케이마가 참 싫어한다. 그래서 오늘 케이마는 '훌라 출입 금지' 포스터를 방문에 걸려고 색을 칠할 거란다.

나는 집에 엄마만 혼자 남겨 두고 와서 조금 미안한 마음이 들지만, 밀린 일을 마무리할 거라고 했으니 괜찮지 않을까. 어제는 엄마가 문자 메시지 수백 통을 보내느라 시간을 거의 다 썼다. 엄마 말로 크리스 아저씨한테는 단 한 통도 보내지 않았다고 하는데, 그게 사실이면 좋겠다. 또 한 시간 반 동안 직장 동료와 통화를 했는데, 그래서 엄마의 기분이 조금이라도 나아졌는지는 잘 모르겠다. 왜냐하면 전화를 끊고 나서 녹차를 세 잔이나 마셨으니까.

"우리 작년이랑 똑같은 역할 맡으면 어때? 아니면 아예 새로운 콩트를 해 봐도 좋고."

케이마의 제안에 정신을 차렸다. 산비와 함께 둘은 슈퍼스타킹에서 무얼 하면 좋을지 고민 중이었다.

"젤리 없이 우리끼리는 못해. 게다가 교장 선생님이 안 좋아하셨잖아."

작년에 했던 콩트는 우리 셋이 가발을 쓰고, 할머니 할아버지 옷을 입고 가게에서 물건을 사려는데, 질문을 해 놓고서 대답을 알아듣지 못하는 내용이었다. 교장 선생님은 우리가 나이 많은 사람에 대해 고정관념이 있을뿐더러 그것은 남을 배려하는 태도가 아니라고 했다. 그래도 케이마는 증조할머니가 자기 역할과 정말 똑같이 행동한다고 꼭 집어 말하는 통에 교장 선생님도 두 손 두 발 다 들고 말았다. 더군다나 관객석에서는 실제로 케이마네 증조할머니가 공연을 보면서 박장대소했기 때문에 별수 없었다. '특별 초대 심사 위원'이었던

교장 선생님의 딸 줄리는 우리가 '연기력과 재치가 뛰어나다.'
고 했다.

"노래를 부르면 어때?"

내 제안에 산비가 입술을 깨물며 답했다.

"모르겠어. 난 노래할 때 몸이 뻣뻣하게 굳어 버리니까."

"너 목소리 진짜 좋잖아. 노래도 정말 괜찮겠다. 그럼 케이
마가 1절을 부르고, 네가 2절 부르면 되지. 후렴은 같이 부르
고."

산비가 쑥스러운 표정으로 나를 봤다.

"내 목소리가 좋아?"

"그럼, 당연하지. 너 작년에 크리스마스 캐럴 혼자서 잠깐
불렀던 거 기억나? 나 그거 듣고 엄청 놀랐잖아."

"기억나. 그때는 부르기 전에 미리 토했어. 겁을 잔뜩 먹었
거든."

"그래도 노래 다 부르고 내려왔잖아. 그러니까 이번에도 할
수 있을 거야."

"그러면 우리 의상을 직접 디자인해도 좋겠다. 이것 좀 봐."

케이마가 의견을 제시하면서 옆에 있던 무거운 잡지를 던
졌다.

잡지가 얼마나 두꺼운지 바닥에 닿으며 탁 하는 소리가 났다.

"보귀?"

내가 잡지 이름을 발음해 봤다.

"보그. 음… 다이얼로그랑 비슷한 발음이야. 플리스 언니가 이제 필요 없다면서 한 무더기 줬어. 패션 잡지를 맨날 샀었거든."

산비와 나는 잡지를 뒤적였다. 옷차림이 이상한 여자들 사진이 가득했다. 어떤 사진은 정말이지 특이했다.

"몸 전체가 다 비치는 옷을 누가 입고 다녀? 아니, 세상 사람들한테 보여 줄 게 없어서 온몸 구석구석을 보여 주겠냐고?"

내가 불쑥 하는 말에 산비가 웃었다.

"저 옷 입고 백화점 돌아다닌다고 상상해 봐."

다른 옷은 하나도 재미가 없어 보였다. 펑퍼짐한 회색 스웨터. 어느 옷가게에서나 보이는 검정 레깅스. 다만 가격이….

"2백 59파운드?! 레깅스 하나에?"

내가 소스라치며 말했다.

"유명 디자이너가 만들어서 그런 거지?"

케이마의 말에 내가 반박했다.

"마트에서는 5파운드 주면 산다고!"

산비는 잡지를 조금 더 들춰 보다가 말했다.

"인도 여자는 별로 없네."

"흑인 여자도."

케이마도 수긍했다.

"뚱뚱한 여자도."

나도 마찬가지였다.

"사실 별로 없는 게 아니라 아예 없어. 다 날씬, 날씬해."

한 장 한 장 넘기면서 네모지고 두툼한 내 손가락이 눈에 들어왔다. 이런 옷은… 내가 입을 수가 없다. 이 세상 어디에도 나에게 맞는 것은 없다. 패션은 깡마른 사람들을 위한 것이다. 그리고 돈이 어마어마하게 많은 사람들을 위한 것. 아무리 나한테 2백 59파운드가 있다 치더라도 바지 한 벌 사는 데 쓰진 않을 것이다. 그래 봤자 바지일 뿐이니까. 2백 59파운드면 여행을 떠날 수도 있겠다. 아니면 승마 수업을 듣거나 초코바 1년 치를 사 둬도 되고. 나는 빼빼 마른 여자들을 물끄러미 바라봤다. 이 사람들은 초코바를 한 번도 안 먹어 봤겠지. 그 맛있는 걸 즐길 수 없다니. 초코바는 내 삶의 즐거움 중 하나다.

"잡지 엄청 많아. 이걸 어떻게 해야 좋을지 모르겠어."

케이마가 높이 쌓인 책 더미를 우리 쪽으로 밀면서 말했다.

"태워 버려."

도움을 주려고 내가 말했다.

"콜라주를 해도 좋지 않을까?"

산비의 말을 들으며 내가 책 더미를 넘어뜨렸다. 그러자 폭포처럼 연달아 타다닥 바닥에 부딪치는 소리가 났다.

"이건 뭐지?"

잡지 사이에 《몸의 변화》라고 적힌, 얇은 책 한 권이 끼어 있었다. 표지에는 어떤 여자 캐릭터가 허리에 손을 얹은 채 자신감에 찬 모습으로 서 있었다.

케이마가 꿈틀거리며 바닥을 가로질러 와서는 책을 슬쩍 봤다. 그러더니 킥킥 웃었다.

"아! 나 이 책 뭔지 알아! 플리스 언니 책꽂이에 있던 건데, 내가 가끔씩 몰래 훔쳐봤어. 민망한 내용이 한가득 나와!"

"민망한 내용?"

내가 호기심에 찬 목소리로 물으며 책을 아무렇게나 펼쳐 봤다. 언뜻 보기에는 양옆에서 강이 흘러들어 가운데에 호수를 이루고, 바다로 통하는 골짜기를 그린 그림 같았다. 그림 아래에 설명이 적혀 있다. '여성 생식 계통.'

"이게 도대체 무슨 말이야?"

"나 이거 기억나. 우리 지난 학기에 배웠잖아."

산비가 말했다.

"배웠다고?"

나는 멀뚱멀뚱 그림을 바라봤다.

"아, 맞아! 이제 기억난다. 교장 선생님이 아기에 관한 영상을 보여 줬지. 다들 장난치는 바람에 호되게 혼났잖아."

내 말에 케이마가 웃었다.

"그 영상 너무 부끄러워서 혼났어. 자꾸 어떤 단어를 반복해서 말했잖아."

산비가 얼굴이 빨개져서는 단정한 태도로 말을 이어갔다.

"보기 불편했어. 개인적인 부분인데 그렇게 공개적으로 수업을 하면 어떡해."

"그 책 줘 봐. 젤리한테 과제를 줄 거야."

과제가 주어지면 거부할 수 없다. 특히 단짝이 주는 과제라면 더더욱.

"뭐, 뭔데?"

내가 불안해하며 물었다.

케이마가 책장을 휙휙 넘기다가 펼친 채로 책을 다시 내밀었다.

"이 부분을 큰 목소리로 읽는 거야. 그, 왜 자연 다큐멘터리에 나오는 사람 있잖아. 애틴베리 목소리로."

"애튼버러야."

내가 틀린 이름을 바로잡으며 펼쳐진 부분을 들여다봤다. 제목이 '생리'라고 되어 있다.

"아, 케이마, 싫어!"

"과제야!"

나는 데이비드 애튼버러의 목소리를 최대한 잘 내기 위해 목을 가다듬었다.

"자궁의 안쪽 점막은 한 달에 한 번 두꺼워지면서 수정란을 키울 준비를 한다. 난자가 정자를 만나지 못해 수정이 되지 않으면 자궁 점막이 허물어진다. 이때 점막이 피와 함께 질을 통해 밖으로 나오게 되는데, 이를 생리라고 한다."

케이마가 몸도 못 가눌 만큼 웃느라 눈물까지 흘리더니 헥헥거리며 말했다.

"너 방금 질이라고 했냐?"

산비는 부끄러워 어쩔 줄을 몰라 했다.

"그만, 제발 그만해."

"제대로 알아야 돼."

내가 산비를 놀렸다.

"이 집에 들어온 이상 모를 수는 없다."

케이마가 말하며 눈가를 훔쳤다. 곧 차분해진 목소리로 말을 이었다.

"플리스 언니가 생리할 때마다 난 항상 눈치채. 진짜 짜증도 잘 내고 못되게 굴거든. 또 화장실에는 비닐 포장지가 넘쳐나.

한번은 변기 물이 제대로 안 내려갔는데…, 으악!"

"난 안 하고 싶어. 생리 말야. 욱, 웩. 토할 것 같아."

산비의 얼굴이 창백했다.

"앞으로 몇 년 동안은 안 할지 몰라."

케이마가 말했다.

"어쩌면 그 부분을 없애 버릴 수도 있지 않을까?"

내가 물었다.

"그러면 아기를 못 낳잖아."

케이마의 말이 맞다.

"커서 아기를 낳고 싶기는 한데."

산비가 말했다.

"난 싫어."

내가 단호하게 말하자 산비가 깜짝 놀란 표정으로 말했다.

"뭐? 절대 안 낳을 거야?"

"응."

"슬프다."

"슬플 게 뭐 있어. 낳고 싶지 않은데 아기가 생기면 안 되잖아."

"나 이거 다 했어."

케이마가 불쑥 끼어들며 포스터를 들어 보였다. '훌라 출입 금지'라는 글씨가 굵고 또렷해서 못 보고 지나칠 수가 없겠다.

"얼른 방문에 걸어야겠다."

케이마가 몸을 일으켜 방문을 열었다. 그러자 훌라가 방 안
쪽으로 넘어졌다.

"앗! 아무것도 안 들렸어."

훌라는 누가 묻기도 전에 대뜸 입을 열었다.

"너, 다 들었잖아! 엄마! 훌라가 또 방문 앞에서 엿들었어요!"

케이마가 아래층까지 들리도록 목청껏 소리쳤다. 하지만 답
이 없었다.

"나 진짜 아무것도 못 들었어."

그러더니 훌라가 쿡쿡 웃었다.

"근데 언니들 아기 가지려고?"

"엄마! 훌라가 자꾸 귀찮게 해요!"

케이마의 목소리가 쩌렁쩌렁 울렸다.

"동생하고 같이 좀 놀아 줘!"

아래층에서 들려오는 목소리에 화가 났는지 케이마의 표정
이 어두워졌다.

훌라가 케이마를 보며 씩 웃었다.

"엄마가 놀아 주라고 하시잖아."

"절대 안 돼!"

77

그러자 훌라가 바닥에 무릎을 꿇었다.

"제발."

그러고는 동그란 눈을 크게 뜨고서 기도하듯 손을 들어 올렸다. 훌라는 손이 하나뿐이다. 몇 년 전에 케이마의 아빠와 함께 교통사고를 당했기 때문이다. 화물차 한 대가 둘이 탄 차를 들이받는 바람에 아저씨는 돌아가셨다. 훌라는 뒷좌석, 유아용 시트에 앉아 있어서 살아남았다. 그런데 팔이 으스러져서 팔꿈치 아래 부분을 잘라 내야만 했다. 하지만 이런 일을 겪었다고 해서 투정을 다 받아 줄 수는 없다. 게다가 케이마의 엄마는 언제나 훌라 편을 드는 것 같다.

"안 돼."

케이마가 훌라를 밀어냈고 그대로 방문이 닫혔다.

문 건너편에서 울음보가 터지고 곧 계단을 뛰어 내려가는 소리가 들렸다. 머지않아 아주머니의 날벼락이 떨어졌다.

"케이마, 당장 내려와. 잠깐 얘기 좀 해야겠다."

케이마가 땅이 꺼지게 한숨을 쉬더니 말을 내뱉었다.

"또 시작이야."

그러고는 문을 열어젖히고 우리 둘을 돌아다봤다.

"다음번엔 우리 집 말고 다른 데서 놀자, 알았지?"

10

"누가 레깅스 하나에 그 많은 돈을 쓰겠어요?"

며칠 뒤에 엄마와 이야기하다가 또 생각에 잠겼다. 엄마는 택배 상자를 열어 보고 있었다. 최근에 도착한 판매용 화장품이다.

"아직도 이해가 안 가요. 그냥 레깅스일 뿐이잖아요."

"유명 디자이너가 만든 거잖아. 이름과 스타일에 돈을 지불하는 거야. 원피스의 선이라든가 바지 밑단의 모양이라든가…, 편하냐 우아하냐의 차이가 있어."

엄마가 화장품 상자를 꺼내기 시작했다. 아이섀도, 파우더, 온갖 펜슬. 택배 상자에 들어 있던 물건 하나하나가 가느다랗고 반짝였다. 문득 엄마의 손에 눈이 갔다. 갸날픈 손으로 날씬한 화장품 몇 가지를 조심스레 차곡차곡 정리했다.

"제가 우아해질 일은 절대 없을 거예요."

침울해진 목소리에 엄마는 무심하게 말했다.

"없긴 왜 없어. 엄마가 도와줄게. 사람들이 놀라서 우리 젤리를 돌아보게 될 거야."

지금도 다들 돌아보기는 한다. 다만 놀라는 이유가 다를 뿐이지.

엄마가 이맛살을 살짝 찌푸리더니 내 쪽으로 몸을 숙였다.

"너 코에 뽀루지가 난 거야?"

나도 모르게 콧대에 손이 갔다. 작은 게 하나 만져지는데 따끔거렸다.

"이게 뭐야…."

내가 칭얼거렸다.

"몇 주 전에는 턱에도 하나 났었지? 아휴 아프겠다. 성장하느라 그런 거야."

엄마가 상자 속을 뒤적였다.

"그거 금방 가라앉히는 방법이 있어. 잠깐만…."

그러고는 자그만 연고 같은 튜브를 꺼내 들었다.

"상처 난 곳에 바르는 젤인데 이거 바르면 금방 가라앉을 거야. 자."

"고마워요."

왠지 배 속이 묵직한 기분이 들었다.

"근데 성장하고 싶지가 않아요. 하나도 재미없을 것 같아요."

엄마가 웃긴 표정을 지었다.

"아, 글쎄, 그렇게 나쁘지만은 않아. 성장을 하면 여러 가지 문제에서 벗어날 수 있다는 뜻이기도 하니까."

"예를 들면 할아버지요?"

내가 의도를 담아 말했다.

"그렇게까지 나쁜 분은 아니셔. 그냥 좀… 눈이 높을 뿐이지."

"할머니가 할아버지한테 따끔하게 한마디 하셔야 돼요."

엄마가 멋쩍게 웃었다.

"할머니는 다른 사람한테 화내시는 분이 아니야. 뭔가에 맞서는 성격이 아니시거든."

"이모는 안 그렇잖아요."

이모는 엄마보다 나이가 많다.

"아, 그렇지. 이모는 하루가 멀다 하고 할아버지한테 반항했으니까."

말투가 어딘지 언짢아하는 것 같다.

"무슨 일이든 자기주장을 절대 굽히는 법이 없어. 그러니까 할아버지하고 더 이상 대화를 안 하는 지경까지 온 거지."

엄마의 시선이 택배 상자로 떨어졌다.

"아니, 글림 앤드 글로우 호수를 잘못 보냈나 본데…."

"우리 조만간 이모 만나러 갈 일 있어요?"

만나기를 바라며 내가 물었다. 이모가 어떤 일을 하는지 정확히는 모른다. 홍보와 관련된 일인데, 기억하기로는 아이디어를 내면 사람들이 대가를 지불한다고 했다. 한번은 이모가 일했던 캠페인 이야기를 들려준 적이 있다. '정신적 만화경'이라든지 '바깥을 안에 들여놓기' 같은 구절이 인상적이었다. 이모의 말을 들으면서 정말 대단하다고 생각했는데, 시간이 지나서야 깨달았다. 내가 제대로 이해한 게 하나도 없었구나. 뭔가 향수와 관련된 일이었다.

홍보부에서 일하기 때문에 이모는 어디를 가나 무료 샘플을 듬뿍 받았다.

"젤리, 나 이러다가 쇼핑백에 파묻혀 버리겠어."

그런데 이모는 갖고 싶은 게 하나도 없나 보다. 나를 만날 때마다 내 손에 물건을 잔뜩 쥐여 줬다. 사실 그래서 이모를 만나러 가는 게 기다려진다!

"음, 글쎄다, 지금 이모가 썩 좋은 상태가 아니야."

"어디 아픈 데라도 있는 거예요?"

엄마가 살짝 웃었다.

"아니, 정신적으로 말이야. 이모가 기분이 좀 우울해."

갑작스러운 전화 소리에 엄마가 웅크렸던 몸을 펴고 휴대폰 화면을 보며 말했다.

"아니, 호랑이도 제 말 하면 온다더니!"

그러고는 전화를 받았다.

"어, 언니, 잘 지냈어?"

엄마는 통화할 때 이리저리 걸어 다니는 것을 좋아한다. 엄마가 이모와 이야기를 나누며 거실을 누비는 동안 나는 그 모습을 지켜봤다. 오늘 엄마의 눈꺼풀에는 복숭아색과 갈색 빛이 돈다. 색이 다른 아이섀도를 적어도 세 가지는 섞어 바른 것 같다. 아이라인은 짙은 갈색으로 그렸는데, 정말 가까이서 보지 않으면 엄마가 아직 슬픔에 빠져 있다는 것을 눈치채기가 어려울 정도다. 자세히 보면, 그린 선 아래로 불그레한 피부가 보인다. 옷은 몸에 붙는 티셔츠를 입었는데, 엄마가 일하는 화장품 회사의 이름이 금색 필기체로 적혀 있다. 그리고 딱 붙는 청바지 차림에 맨발이다. 발톱에 선명한 색을 칠해서 빛이 났다. 엄마의 몸은 지방이라고는 조금도 찾아볼 수가 없다.

내 배를 내려다보니 배가 치마 위로 불룩 나와 있다. 허리를 곧게 펴 봐도 그대로다. 배 속이 묵직한 기분도 역시 아까부터 그대로다.

엄마가 휴대폰 아래 부분을 손으로 덮고서 내게 속삭였다.

"통화가 길어질 것 같아서 그러는데, 차 한잔 끓여 줄래?"

"네, 알겠어요."

일어선 뒤 화장품 상자들을 피해 한 발 한 발 조심스레 내디디며 부엌으로 갔다. 전기 주전자의 버튼을 누르고서 찬장을 열었다. 뜯지 않은 초콜릿 다이제스티브 하나가 보였다. 엄마와 내가 마실 차를 한 잔씩 준비했다. 그리고 거실로 머그잔을 가져다주었다.

엄마가 나에게 고맙다고 입만 벙긋거렸다. 그러더니 휴대폰에 대고 말했다.

"근데 의사가 언니 약 먹는 동안 술 마시면 안 된다고 했다면서?"

나는 머그잔과 과자를 들고 내 방으로 갔다.

과자를 전부 먹어 치우지는 않았다. 그럼, 당연하지. 다는 아니야.

우아함

립스틱으로 윤기 나는 입술

블러셔로 발그레한 볼

금빛 실로 화려한 커튼 자락

실크로 나풀거리는 옷자락

우아한 문자

　　라는 것은 무엇보다도

각 글자가 걸맞은 모양을 갖추어야

　　가능한 말

　　어느 황제의 말이

　　맞는 것 같다

패션이란 옷이 문제가 아니라

　　몸이 중요한 것

　　　그래서 만일

　　　　적당한 몸매가 아니라면

당신은 결코

우아하지 않다

며칠 뒤 엄마의 동료가 같이 저녁을 먹으며 기분 전환하자면서 엄마를 불러냈다. 나는 잠들어 있었는데 현관문 열리는 소리에 잠이 깼다. 엄마가 로지 언니에게 고맙다며 용돈을 챙겨 주고 문이 닫히는 소리가 들렸다.

나는 곰 인형을 꼭 쥐고 한 손으로는 눈을 비비며 거실로 나갔다.

"아, 우리 젤리, 미안해. 나 때문에 깼어?"

엄마가 구두를 벗으며 묻는 말에 내가 고개를 저었다.

"괜찮아요."

"과자 좀 먹을래? 저녁 먹은 지 한참 지났어."

엄마가 초콜릿 다이제스티브를 가져와 식탁에 놓았다. 포장지 안에는 달랑 세 개가 남아 있다.

"어머, 이게 다 어디 갔지?"

나는 엄마 옆에 앉아서 과자 하나를 쓱 꺼냈다.

"저녁은 어땠어요?"

엄마가 잠시 멈칫하더니 곧 얼굴에 미소가 번졌다.

"다 알면서 뭘 물어보고 그래. 정말 좋았지."

뜻밖이다. 엄마가 최근 들어 저렇게 웃은 적이 없었는데. 크리스 아저씨가 떠난 뒤로 엄마는 단 한 번도 제대로 웃지를 않았다. 멍한 표정으로 창밖을 바라보는 모습은 몇 번이나 봤지만. 그런데 오늘 밤은 달라 보였다. 왠지 마음이 누그러진 것 같다.

"킹스암스에 갔었어. 그…, 크리스와 마주치면 어쩌나 좀 걱정이 됐는데, 없었어. 근데 그때 봤던 밴드는 있더라."

"개에 관한 노래 불렀던 사람들이요?"

엄마가 또 한 번 미소 지었다.

"맞아! 그중에 노래하는 사람이, 음, 나한테 데이트 신청을 했어."

"아."

심장이 덜컥 내려앉았다.

"무슨 생각 하는지 알아. 아마 네 생각이 다 맞을 거야. 근데 그 사람이, 그 사람이 먼저 나한테 와서 물었고, 왠지 모르게, 거절을 못하겠더라고."

내가 입술을 깨물었다.

"그 사람 노래 기대해도 좋아. 정말 재능 있는 사람이거든."

"그렇구나."

회전목마

빙그르 또 한 번

87

빙그르 또 한 번

빙그르 그렇게

돌아간다

아무리 빠르게

움직인다 해도

결국에는

항상

제자리

11

"오늘은 시를 몇 편 살펴보고 직접 써 보는 시간이랍니다."

담임 선생님의 말에 여기저기서 볼멘소리가 쏟아졌다.

"우리가 지금까지 '가족과 소통하기'에 대해 이야기한 것을 바탕으로 써 보도록 하세요."

선생님은 전자 칠판에 시를 한 편 띄우며 계속해서 말했다.

"자, 이제 이 시를 읽어 줄 테니 여러분은 시인이 무얼 말하는지, 그리고 말하지 않은 것은 무엇인지 생각해 보면 좋겠어요."

아주 긴 시는 아니다. 제목이 〈나의 가면〉인데, 온통 이 사람의 멋진 삶에 관한 내용이다. 친구들도 많고, 집도 거대하고, 직업도 멋지지만 시의 분위기는 정말 어둡다.

"칠흑빛 아름다운 커튼이 호화로운 창문에 무겁게 드리워져 빛이 들지 않는다."

시인이 하려는 말은 아주 분명하다. 가진 게 많더라도 마음은 여전히 우울할 수 있다는 것. 수업을 듣는 학생 모두가 알아차렸다. 아, 해리만 빼고. 해리는 그냥 자기가 커서 프리미어리그의 선수가 될 것이고, 그러면 대저택 창문에 검정 커튼쯤이야 당연히 가질 수 있을 것이고, 게다가 지하는 영화관으로, 옥상은 수영장으로 쓸 거라면서 자꾸만 떠들어 댔다.

"시가 슬퍼요. 시인은 자기가 꼭 두 사람인 것처럼 굴잖아요. 게다가 어떤 기분인지 털어놓지도 못해요. 그래서 제목이 〈나의 가면〉인 거예요. 자신이 진짜 누구인지를 자꾸 숨기니까요."

담임 선생님이 끄덕였다.

"바로 그거예요, 베리티. 오늘은 바로 이 주제를 탐구해서 직접 시를 써 보는 거랍니다. 왜냐하면 우리는 모두 한 번쯤 '가면'을 쓰기 때문이에요. 자신의 기분을 그대로 드러내기가 두려워서 무슨 일이 있어도 괜찮거나 행복한 척 행동하지요."

나는 꼼짝도 않고 뻣뻣이 앉아 있었다. 가슴이 서늘해졌다. 이 주제는 내 상황과 너무 똑같잖아. 그냥 이게 나다. 이 시 자체가, 선생님이 설명하는 것이 바로 나다. 내가 그렇게 행동하니까. 가끔가다 한 번씩이 아니라 언제든 가면을 쓰고서 웃어 넘긴다.

시를 쓰고 싶지가 않았다. 쓰면 전부 다 발표하게 될 것이다. 어쩌면 시가 벽에 걸릴 수도 있다. 내 속마음을 누군가가 읽게 된다니, 그럴 수는 없다.

문득 정신을 차려 보니 다른 친구들은 모두 종이와 펜을 받고 있다.

"뭘 써야 할지 모르겠네. 난 그냥 난데. 가면 같은 거 안 쓴다고."

케이마가 내게 말했다.

산비가 생각에 잠긴 얼굴로 말문을 열었다.

"난 오빠와 같이 나간 대회에서 오빠만 우승했을 때의 일을 쓰려고. 그때 각자 포스터를 만들어서 냈는데, 내가 훨씬 더 잘했어. 근데 오빠가 상을 받고 난 입상도 못한 거야. 난 오빠가 받아서 정말 기분이 좋은 척했어. 부모님이 그러라고 하셨거든. 사실 내 기분은 슬프고 화가 났지."

"저런, 정말 그 이야기로 시를 쓰면 딱 맞겠다. 근데 진짜 큰일이 뭐냐 하면, 난 화나거나 슬플 때 사람들한테 있는 그대로 알려 준다는 거야. 뭔가 숨기는 걸 잘 못해."

케이마가 이제는 나를 돌아보며 물었다.

"젤리, 넌 무슨 내용 쓸 거야?"

난 여전히 당황한 채 몸이 굳어 있었다. 뭘 어떻게 해야 좋을지 모르겠다. 그러다 문득 정신이 들어 심호흡을 하고서 짓궂게 웃으며 보기 2번을 선택했다. 그게 늘 하던 행동이니까.

"무슨 내용이냐면 말이지…."

선생님이 멀찍이 있는 것을 확인하고는 목소리를 낮춰 조용히 말을 이었다.

"어떤 애가 여왕을 처음 만났는데 볼일이 너무너무 급한 거야. 그래서 우아한 단어를 말하는 내내 혹시라도 소변을 보게 될까 봐 겁을 잔뜩 먹은 거지."

케이마가 키드득거리는데 산비는 어리둥절한 표정이다.

"우리 이야기를 바탕으로 써야 하는 거 아니야? 그러니까 진짜 겪었던 일 말이야."

"내가 여왕을 한 번도 안 만나 봤는지 네가 어떻게 알아?"

내가 윙크하며 대꾸했다.

"자, 이제는 다들 아이디어가 하나씩 떠올랐겠지요?"

"그렇고말고요."

내가 중얼거리자 케이마가 또 킥킥 웃었다.

"그러면 모두 시 쓰기 시작해 보세요. 여러분이 완성하면, 저는 분위기를 아주 잘 표현한 시를 찾아볼 거랍니다. 시인의 진짜 감정을 짐작할 수 있도록 넌지시 드러내면 좋겠지요?"

나는 시를 다 쓰기까지 약 5분이 걸렸다. 전부 물이 수도꼭

지에서 똑똑 떨어지고, 폭포에서 와르르 쏟아지는 내용으로 가득하다. 내가 생각해도 참 기발하다. 뿌듯한 마음으로 펜을 내려놓았다.

"안젤리카, 벌써 다 썼나요?"

선생님이 놀라서 물었다.

"네, 선생님도 좋아하실 거예요."

"흠, 다른 친구들 끝날 때까지 얌전히 앉아 있으세요. 다 마치고 나면 낭송해도 좋아요."

그 후로 10분 동안 케이마에게 작은 고무줄을 튕기면서 장난을 쳤다. 그런데 산비가 나를 보며 얼굴을 찡그렸다. 산비는 이 시간을 정말이지 진지하게 받아들이는 것 같다.

마침내 지루함이 극에 달하려는 순간 선생님이 모두 펜을 내려놓으라고 했다. 이제 발표하고 반응을 살피는 시간이다. 당연히 내 손이 가장 먼저 올라갔고 선생님이 읽어 보라며 내게 손짓했다.

나는 자리에서 일어나 거드름을 피우며 목을 가다듬었다. 그러고는 심각한 목소리로 말했다.

"제목은 〈나만 아는 괴로움〉입니다."

"아, 읽기 전에 모두 한 가지만 기억하세요. 이 시간의 가장 중요한 가치는 '존중'이랍니다. 이 교실에서 나누는 내용이 무

엇이든 존중해야 해요. 그러니 다른 사람의 시를 듣고 웃지 않
도록 하세요."

"맞아요."

내가 콧대를 세우고서 거만하게 반 친구들을 내려다봤다.
그리고는 다시 목을 가다듬고 읽어 내려갔다.

처음에는 머뭇머뭇 웃는 소리가 들려왔다. 곧 '화자만 아는
괴로움'이 무엇인지 분명해지자 다들 소리 없이 씨익 웃기 시
작하더니 이내 킬킬거렸다. 그리고 마지막 줄(폭포수가 쏟아지는
부분)을 읽을 때쯤 너나없이 대놓고 웃어 버렸다.

선생님만은 웃지 않았다. 선생님이 체념한 듯 한숨을 푹 쉬
었다.

"안젤리카, 아주 재주가 좋군요. 하지만 아까 설명한 것과는
다르지요."

다른 애들이 일어나 시를 발표하는 동안 나는 자리에 앉아
안절부절못했다. 어떤 시는 그다지 좋다고 할 수 없었지만, 그
래도 다들 웃기기보다는 진지하게 시를 쓰려고 노력했다. 베
리티의 시는 부모님의 이혼에 관한 내용이었다. 엄마가 아빠
때문에 잔뜩 화가 나서 다시는 아빠 이야기를 하고 싶지 않다
고 했단다. 그래서 베리티는 엄마와 수없이 대화하는 동안 아
빠 얘기를 꺼내지 않으려고 몇 번이고 입술을 깨물어야 했다.

그게 정말 힘들었다고 한다. 그리고 비유가 다양했다. 걸어 잠근 상자나 굳게 닫은 문 같은 표현은 정말 그럴듯했다. 엄마가 속상하지 않도록 자신이 하고 싶었던 말을 죄다 가둬야만 했던 상황과 비슷하니까.

베리티가 시를 다 읽고 나자 잠시 침묵이 흘렀다. 그리고 애벌론은 우리 반에서 까딱하면 울기로 유명한데, 역시나 이번에도 눈물을 훔쳤다.

"아주아주 좋아요. 베리티, 정말 잘했어요."

나는 입술을 꾹 다물고 책상만 우두커니 바라봤다. 제대로 된 시를 써야 했다. 선생님이 내 비밀 공책에 적힌 시를 봤더라면 좋았을 텐데! 그럼 소변이 급하다는 우스운 시보다도 훨씬 잘 쓸 수 있다는 걸 알았을 텐데. 하지만 이젠 너무 늦어 버렸다. 그건 그렇고 이제 반에서 베리티의 비밀을 모르는 사람이 없다. 쟤는 아무렇지도 않나?

점심을 먹으러 가는 동안 나는 말이 별로 없었다. 복도를 걷는데 앞쪽에 베리티가 보였다. 옆에 있던 우리 반 애들 몇 명이 베리티에게 말을 걸고, 안아 주고, 시가 정말 멋지다고 칭찬하고, 그런 걸 이야기하기로 마음먹다니 정말 용감하다고 감탄했다.

그리고 나는 생각했다. 나의 기분을 모두에게 알려 주었다

면, 두렵고 화나는 감정을 드러냈더라면, 나더러 용감하다고
했을까?

그랬을 것 같지가 않다. 부모님의 이혼과 뚱뚱한 것은 전혀
다른 문제니까.

✳   ✳   ✳

이게 나일까?

이게 너일까?

이게 최선의 모습일까?

거짓투성이 뒤에 숨어서

내 눈에 뭐가 담겼는지 안 보이길 바라면서

비밀을 마음속에 얌전히 묶어 둬

그 웃음에 속이 상한다는 걸 보여 줄 수가 없어

내 스스로 너를 위한 광대가 돼

그래서 나도 아프다는 사실을 아무도 모르지

✳   ✳   ✳

12

엄마는 그 가수라는 사람, 레넌과 데이트를 하러 나갔다. 엄마가 집에 없는 동안 혼자서 프링글스 반 통을 비워 버렸다. 불안해서 도무지 가만있을 수가 없었는데 마침 찬장에서 프링글스를 발견한 것이다.

이런 말을 하기는 부끄럽지만 엄마에게 나가지 말라고 설득했다.

"그냥 나랑 같이 있어요! 네? 내가 훨씬 재밌잖아요!"

그러면서 덩실덩실 춤을 췄다.

엄마는 웃었지만 어쨌든 나가 버렸다.

"어쩌면 이상형이라고 생각하는지도 몰라."

로지 언니가 휴대폰에 시선을 고정한 채 말을 이었다.

"하지만 그런 건 세상에 존재하지 않지. 우리 엄마도 이상형과 결혼했는데 결국 이렇게 됐잖아."

로지 언니의 부모님은 이혼을 했고, 이제 언니네 엄마는 여자 친구를 사귄다. 언니 말로는 그 여자 친구가 해마다 마라톤 대회에 나가는데 정말 멋지단다.

"이상형 남자를 찾았는데 알고 보니 꽝이면 어떡해? 게다가 이상형 여자를 발견하면?"

언니가 덧붙여 물었다.

나는 방으로 와 침대에 누웠는데 잠이 오지 않았다. 친구들 앞에서 인정할 생각은 없지만, 사실 아직도 시를 썼던 수업이 신경 쓰였다. 이미 일주일이 넘었는데. 그렇게 엉터리로 시를 쓰다니 정말 바보 같다. 산비의 시 같은 느낌이 들게끔 이야기를 좀 지어냈어야 했다. 충분히 할 수 있었는데, 왜 그렇게 하지 않았지?

엄마는 왜 아직도 안 오는 거지?

엄마가 집에 올 때쯤에는 한나절이 다 간 줄 알았다. 하지만 현관문이 딸깍 열릴 때 시계는 열 시 오십칠 분을 가리키고 있었다. 엄마가 콧노래를 불렀다.

나는 일어나서 엄마한테 어땠는지 진심으로 물어보고 싶었는데 왜인지 그럴 수가 없었다. 엄마가 집안 곳곳을 다니는 동안 그저 조용히 엄마의 콧노래를 들었다. 그러면서 엄마가 지금처럼 행복해 보이던 때가 언제였는지 기억을 더듬어 봤다. 오늘 데이트가 즐거웠나 보다. 하지만 그건 사이가 틀어지기까지 시간이 조금 더 오래 걸린다는 걸 의미한다.

두 손으로 베개를 끌어당겨 귀를 틀어막고 질끈 눈을 감았다. 드디어 잠에 빠지는 동안 속에서는 먹구름이 휘돌았다.

이튿날 아침 정말 피곤했다. 참 희한한 꿈을 계속 꿨다. 웃는 얼굴들이 보이다가 또 갑자기 구덩이에 빠져 버려서 나오지를 못했다. 엄마가 이불을 끌어당겨서 겨우 일어났다.

"이러다 학교에 늦겠어."

"상관없어요."

엄마가 방법을 바꿔서 달래 주는 목소리로 말했다.

"젤리야, 일어나야지. 엄마가 팬케이크 만들어서 위에 초콜릿…."

어. 내가 바닥으로 굴러 떨어지면서 꽈당 소리가 났다.

엄마가 만들어 주는 팬케이크는 정말 맛있다. 엄마는 팬케이크용 가루를 절대 쓰지 않고, 처음부터 직접 달걀과 밀가루, 우유, 설탕을 섞어서 만든다. 맛있겠다.

부엌에서 엄마가 반죽을 구우며 라디오에서 나오는 노래를 흥얼거렸다. 나는 엄마를 미심쩍게 쳐다보며 물었다.

"엄마, 괜찮아요?"

엄마는 따뜻한 미소로 답했다.

"그럼. 어제 저녁에 레넌 만나서 얼마나 즐거웠는지 몰라."

"아, 음…, 다행이네요."

휴대폰에서 띠링 하는 소리가 나자 엄마가 문자 메시지를 읽었다. 곧 얼굴이 스르르 부드럽게 풀리면서 글자 그대로 이렇게 말했다.

"아아."

"그 사람이에요?"

내가 따끈한 팬케이크에 초콜릿 시럽을 부으며 물었다.

"응."

엄마가 한숨을 내쉬며 말을 이어갔다.

"참 다정한 사람이야. 정말 재미있고 친절하고 재능도 있어. 그런 사람이 뭐 때문에 날 좋아하는지 잘 모르겠어. 어제 저녁에도 바보가 된 것 같았다니까. 그 사람은 세계 곳곳을 돌아다녀서 진짜 경험이 많더라고. 호주에 있는 그레이트 배리어 리프도 가 봤대! 난 프랑스보다 멀리 가 본 적이 없는데. 심지어 딱 한 번 갔을 때에도 내내 비만 내렸지."

"엄마도 경험 많잖아요. 서로 다른 경험을 한 것뿐이에요."

내가 꼭 집어 말하면서 레넌 아저씨에게 좀 짜증이 났다. 엄

100

마가 열등감을 느끼게 하다니.

"그 사람도 그렇게 말했어."

엄마의 눈이 또 한 번 스르르 풀린다.

"온 세상 사람들이 어찌 보면 다 같다고 얘기하더라. 공공주택에 살든 정글에 무리 지어 살든 누구나 똑같은 걱정을 한대. 먹을 걱정 없이 따뜻하게 지내더라도 친구를 어떻게 사귈지, 어떻게 해야 안전할지, 어떻게 하면 내가 가진 것으로 행복하게 살 수 있을지 하고 말이야. 그 사람이 세상에서 제일 행복해 보이는 사람들을 만났는데, 정작 가진 물건이 많지는 않았대. 그보다는 서로 사랑하고, 친구와 잘 지내고, 음악을 즐기더래. 그리고 기타만 있으면 세계 어디를 가든 문제 될 일이 없대. 언어가 장벽이긴 하지만 음악은 관문이라면서."

"오, 그거… 되게…."

난 말문이 막혀 엄마만 쳐다봤다. 딱히 무슨 말을 해야 할지 정말 모르겠다. 지금껏 엄마의 남자 친구는 이런 이야기를 하지 않았다.

"아무튼."

엄마가 그제야 내 생각이 번쩍 들었는지 고개를 흔들며 덧붙였다.

"이제 그만 얘기해야지. 이러다 너 진짜 학교에 늦겠어!"

그때 휴대폰이 울렸다. 엄마가 화면에 뜬 이름을 확인하고서 인상을 찌푸렸다.

"거참, 또 언니네….."

엄마가 한숨을 뱉고는 화면을 쓸어 밝은 목소리로 전화를 받았다.

"어, 언니, 오늘은 좀 어때?"

나는 접시와 컵을 부엌에 가져다 두고 이를 닦으러 갔다. 거울에 비치는 내 모습이 마음에 들지 않아서 보통은 거울을 잘 보지 않는다. 하지만 오늘 아침에는 내 눈을 가만히 봤다. 내가 무슨 생각을 하고 기분은 어떤지 알아내기 위해서다. 미끈거리는 뭔가가 온통 뒤섞여 있는 듯하다. 미꾸라지나 연기를 손으로 잡아 보려 애쓰는 것 같다.

집을 나설 때 엄마의 말이 들렸다.

"그런데 언니, 그건 사실이 아니잖아. 그냥 언니만의 착각일 뿐이야. 언니를 그렇게 생각하는 사람은 정말 아무도 없어."

엄마는 이모의 불평이 지겹다고 여기면서도 목소리가 다정하기만 했다.

그 상황을 보고 나니 이런 생각이 들었다. 그때 그 시에서처럼 사람들은 어른이 되어서도 가면을 쓰는구나. 그리고 어쩔 때는 자기가 가면을 쓰고 있다는 사실조차 모르는구나.

13

물론 언젠가 그 사람을 만날 수밖에 없겠지 하고 생각했다. 약 일주일이 지났다. 참고로 지난 한 주는 띠링 띠링 울려대는 문자 메시지와 레넌 아저씨의 노래로 가득했다. 노래는 엄마가 밤낮없이 트는 바람에 나도 듣게 되었는데 짜증나게도 노래가 정말 다 마음에 들었다. 나도 모르게 입에서 불쑥불쑥 그 노래가 튀어나오니 기분이 정말 이상했다.

그러던 어느 날 아침을 먹는데 엄마가 태연하게 말했다.

"아, 레넌이 집에 잠깐 들를 건데 이따가 너 학교 다녀오면 있을 거야. 오래된 전축이 있는데 나한테 빌려 주고 싶대."

"오래된, 뭐라고요?"

"전축. 턴테이블 말이야. 예전에는 그걸로 음악을 들었어."

엄마가 방긋 웃더니 말을 이었다.

"레넌이 그러는데 음악을 좋아하는 사람이라면 누구든 꼭 한 번 레코드판으로 들어 봐야 된대."

"아, 저…, 알겠어요."

내가 집에 도착했을 때 둘이서 엄마 방에 있으면 어쩌지? 지난번 크리스 아저씨가 왔을 때처럼?

"저 수업 끝나고 판타스틱 커피에 갈지도 몰라요."

엄마가 재빨리 반응했다.

"아니, 가지 마. 집에 와서 인사해야지. 너도 그 사람 보면 좋아할 거야. 분명해. 이 사람은 좀 다르거든."

쉬는 시간에 산비가 내게 물었다.

"젤리, 너 괜찮아?"

"나? 응. 근데 왜?"

"너 오늘 너무 조용해서. 무슨 일 있어?"

"아니."

너무 빨리 대답해 버렸다.

"아니야, 나 괜찮아. 정말로."

산비를 보며 활짝 웃었더니 두 볼이 땅겼다.

"아, 알았어. 그렇담 다행이고. 이따가 케이마랑 노래 연습 할 건데 너도 올래?"

둘이 슈퍼스타킹에 나가서 부를 노래를, 나는 벌써 열여섯 번쯤 들었다.

"음….."

빠져나갈 구멍을 찾으며 뜸을 들였다. 그러다 얼핏 남자애들이 축구공을 들고 운동장으로 향하는 것이 눈에 띄었다.

"미안한데 내가 월 마츠나가한테 페널티킥 하는 법 알려 주기로 약속했거든."

그리고 어깨를 으쓱이며 덧붙였다.

"말 안 해도 너무 잘 아시잖아요. 저 같은 최고의 축구 선수의 삶이 어떤지….."

산비가 웃었다.

"수백만 파운드 벌랴 그 많은 사진 찍을 때 포즈 취하랴 정말 힘드시겠어요."

"그럼요. 근육이 결릴 틈조차 없답니다. 그랬다가는 제 경력도 끝장나 버리겠죠."

산비가 웃으며 내게 손을 흔들었다.

"그럼 내일 보자."

축구를 할 거라고 말해 버렸으니 이제 그럴 수밖에 없다. 내가 얼렁뚱땅 둘러댄 걸 케이마와 산비가 눈치챌 수도 있으니까. 나는 설렁설렁 뛰어서 운동장으로 갔다. 속에서는 짜증이 부글부글 들끓었다.

시합이 벌써 시작됐는데 누가 어느 편인지 잘 모르겠다. 난 곧장 중앙으로 달려갔다.

"야, 너 뭐 하냐? 젤리, 저리 비켜."

마셜이 소리쳤다.

나는 몸을 곧게 펴고 두 팔을 허리에 착 붙이며 대꾸했다.

"내가 새로운 게임 하나 알려 줄게. '가로등 치기'라는 건데, 나한테 공을 차면 돼. 나를 맞히면 1점을 얻는 거야. 난 목표물 치고 큼직하니까 맞히기도 쉬울걸!"

남자애들이 서로 눈길을 보내며 웃어 댔다.

"젤리, 너 진짜 맛이 간 거 같아."

윌이 말했다.

"자, 그럼 찬다."

또 다른 남자애가 말했다.

나는 몸을 꼿꼿이 펴고 골대 정중앙에 서서 마지막으로 외쳤다.

"페널티킥 지점에서 차야 돼! 더 가까이 오기 없다!"

남자 애들이 줄지어 서서 차례로 나를 향해 공을 찼다. 대부분 빗나갔는데 윌은 제법이었다. 나를 두 번이나 맞혔다.

공이 맞고 튕겨 나간 자리가 얼얼하게 아팠다. 한편으로는 이상하게도 그 아픔이 좋았다. 배 속에서 몰아치던 불안감에 비하면 참을 만했다. 다시 말해 방과 후에 레넌 아저씨 만나는 일을 잠시나마 잊게 된 것이다. 게다가 남자 애들이 전부 깔깔거리며 이 시간을 아주 즐겁게 보내고 있으니까. 종이 울리자 모두 내게 달려와 등을 찰싹 때리며 내가 참 재밌는 친구라고 했다. 기분이 무척 좋았다. 그러니까 나 스스로 웃음거리가 되는 것은 그만큼 보람 있는 일이다.

집으로 가는 길에 늑장을 부렸다. 햇빛이 쏟아지는데, 마음속에는 아직도 심상치 않은 먹구름이 잔뜩 껴 있었다. 더 이상은 미룰 수가 없기 때문이겠지. 빨리 감기 버튼을 눌러서 내일로 건너뛸 수 있다면 좋겠다.

공원을 지나는데 어딘지 귀에 익은 소리가 들려왔다. 쨍쨍한 선율. 어디서 나는 소리인지 궁금해서 주위를 둘러봤다. 어떤 남자가 벤치에 앉아서 무언가 작은 것을 입에 대고 있었다. 맞다. 하모니카였다. 전에 판타스틱 커피에서 만난 남자가 저 악기를 보여 주었지. 그때 그 사람인가 하고 아주 잠깐 기대에 부풀었지만 아니었다. 벤치에 앉은 남자는 나이가 더 많았다. 머리 위쪽이 휑하고 둘레에는 희끗한 머리칼이 촘촘하게 나 있다. 날씨가 더운데도 남자는 두툼한 갈색 정장에 옅은 파랑색 셔츠를 입고, 해진 컨버스화를 신었다. 희한한 복고풍이지만 왠지 멋져 보였다.

그 사람이 연주하는 곡은 경쾌하면서도 애절했다. 나는 잠시 멈춰 서서 가만히 들었는데, 그 사람이 내 시선을 느끼면 이상하게 여길까 봐 그냥 가던 길을 갔다. 공원을 빠져나와서도 마치 강아지를 잃어버린 것처럼 노래가 머릿속에 맴돌았다.

집에 다다를 때쯤에는 마음이 차분해졌다. 아까 그 노래가 꼭 나에게 말을 거는 것 같았다. 괜찮아. 할 수 있어. 괜히 딴 생각하지 말고 넌 그냥 모두가 아는 젤리의 모습을 보여 주면 돼. 엄마의 새 남자 친구가 누군지 몰라도 어차피 오래 볼 일 없을 거야. 슬쩍 웃고 고개 좀 끄덕이다가 자리를 비켜 주는 거야.

인사만 하고 방에 들어가서 하모니카 영상이나 찾아보면 되겠다.

그렇게 마음먹고 현관문을 열었다가 깜짝 놀라 자빠질 뻔했다. 왜냐하면, 식탁에서 들뜬 목소리로 엄마에게 이야기하며 낡은 전축에 까만 원반을 올려 두는 남자가 바로 판타스틱 커피에서 봤던 사람이기 때문이다.

14

"어!"

내가 기겁하며 입을 열었다.

"어!"

남자도 나만큼 놀랐나 보다. 그러더니 곧 얼굴에 따뜻한 미소가 활짝 피었다. 남자가 눈을 반짝이며 말을 이었다.

"또 만났네요!"

엄마가 당황한 표정으로 물었다.

"둘이 벌써 본 적이 있는 거예요?"

남자가 정말 재미있다는 듯이 껄껄 웃었다.

"정말 기가 막히네요! 전혀 몰랐어요! 그럼, 안젤리카?"

"젤리예요. 다들 젤리라고 불러요."

나의 뜬금없는 반응에 남자가 끄덕였다.

"그렇구나. 젤리. 나는 레넌이에요."

"아저씨가 레넌이었다니… 믿기지가 않아요."

나는 집에 들어서면서 이미 눈치챘을 텐데도, 머리가 이제야 눈을 따라잡았다.

레넌 아저씨가 엄마에게 말했다.

"몇 주 전에 카페에서 젤리를 만났어요. 자리가 없었는데 친절하게도 합석을 허락해 줬죠."

엄마가 미간을 찌푸렸다.

"너 엄마도 없이 카페에는 언제 갔었어?"

이런.

"음….."

"학교에서 집에 가는 길이었죠? 그리 오래 있지는 않았잖아요."

아저씨가 한마디 거들었다.

"저…, 네, 맞아요. 플리스 언니한테 인사하려고 잠깐 들렀는데, 그게 다예요. 간 김에 음료도 한잔 마셨고요."

내가 아저씨에게 고맙다고 눈짓하며 말했다.

"모르는 사람하고 같이 앉으면 안 돼. 위험하잖아."

엄마가 방향을 틀어 말했다.

"그때 카페에 사람이 아주 많았어요. 젤리 옆자리만 딱 하나

비어 있길래 제가 부탁한 거예요. 분명히 그럴 만한 상황이었어요. 그렇죠, 젤리?"

내가 끄덕였다.

"그때 음악 얘기 했었어요."

"흠."

"음악 얘기가 나와서 말인데, 옛날 음악 기술 좀 구경할래요? 안 그래도 설명하던 중이었거든요."

레넌 아저씨가 전축을 보여 주는데, 상자에 담겨 있어서 꼭 투박한 노트북처럼 생겼다. 덮개를 들어 올리자 둥근 받침대 중앙에 못 같은 것이 박혀 있고, 한쪽에는 팔처럼 생긴 것이 기울어져 있고 이 팔 끝에는 아래쪽으로 뾰족한 바늘이 달려 있었다.

"이게 레코드라는 거예요."

아저씨가 커다란 접시만 한 검정 원반을 들어 보이며 말했다. 원반 한 가운데에 작게 구멍이 나 있었다.

"또는 '엘피판'이라고도 해요. 여기 판에 홈이 패여 있는 거 보이죠? 이곳에 음악이 저장되는 거예요."

"저도 이런 거 예전에 본 적은 있어요. 케이마네 아빠도 갖고 있으시거든요. 진짜 옛날 물건이잖아요."

내가 우쭐거리자 아저씨가 웃으며 말했다.

"맞아요. 젤리가 보기에 이건 완전히 역사적인 물건이겠죠. 나한테 와이어리스가 그런 것처럼 말이에요."

"와이어리스요?"

"아, 중요한 얘긴 아니에요."

아저씨가 원반을 받침대에 끼우고 금속 팔을 들어 조심스레 원반의 가장자리에 맞춰 놓았다. 그대로 스위치를 켜자 레코드가 빙빙 돌아가면서 음악이 흘러나왔다.

어느 밴드의 오래된 음악이었다. 언젠가 텔레비전의 흑백 프로그램에서 미국인이 외륜선을 타고 사탕수수를 자르는 모습을 봤었다. 어딘지 그런 느낌이 들었다. 그 장면의 배경 음악도 이 노래와 비슷했다. 그리고 익숙한 소리, 쨍쨍한 소리의 악기로 슬픈 멜로디가 연주되었다.

"하모니카다!"

내가 외쳤다.

"맞아요."

레넌 아저씨가 나를 보며 환히 웃었다.

"그때 스티비 원더 연주 좀 들어 봤어요?"

"아니요. 아니, 들으려고 했는데 잊어버렸어요."

"둘이 카페에서 대화를 꽤 많이 나눴나 봐요."

이렇게 말하는 엄마의 목소리가 살짝 이상했다.

"다음에는 스티비 원더 음반을 좀 가져올게요."

그러고는 아저씨가 엄마를 보며 말했다.

"물론 당신이 괜찮다면 말이에요."

"그럼요, 괜찮죠."

엄마가 밝게 웃으며 말했다.

나는 빙글빙글 돌아가는 레코드판을 바라봤다. 전축의 바늘이 판의 홈을 훑고 지나가는 것을 가만히 보는데 최면에라도 걸릴 듯했다. 노래는 내가 평소에 듣던 것과 조금 달랐다. 단지 오래전 재즈 음악이라서가 아니라 직접 연주하는 것처럼 생생하기 때문이다. 마치 가수가 바로 우리 옆에 있는 것처럼 조금 갈라지는 소리가 났다. 눈을 감으면 밴드가 여기 거실에서 연주하는 것을 상상하게 된다. 베이스 드럼의 페달을 밟는 소리에 바닥이 쿵쿵 울리고, 뮤지션 여럿이 호흡하는 모습이 머릿속에 그려졌다. 음악 중간중간에 무언가 살짝 긁히고, 바스락거리는 소리 때문에 공기가 살아 있는 것처럼 느껴졌다. 간단히 말해서 공중에 음악이라는 그물망을 치면 파닥이는 소리를 하나하나 잡을 수 있을 것 같았다.

노래가 끝나자 레넌 아저씨가 전축의 스위치를 끄고 금속 팔을 들어올렸다. 그렇게 바늘이 레코드판에서 떨어졌다.

"들어 보니까 어때요?"

"이게 마지막으로 녹음한 거 맞아요? 꼭 리허설처럼 들려서요."

내 질문에 아저씨가 웃었다.

"바로 그걸 현장감이라고 하죠. 컴퓨터로 다듬는 작업을 전혀 하지 않아서 그래요."

"어떤 부분에서는 가수의 음이 잘 안 맞더라고요. 그래도 감정이 풍부해서 듣기 좋았어요."

"젤리, 노래 잘해요?"

레넌 아저씨가 물었다.

"아, 아니, 그럴 리가요. 물론 할 줄은 알지만 그다지 잘하는 편은 아니에요."

"젤리 목소리가 참 고와요."

엄마가 대뜸 말했다. 나를 당겨서 엄마 품에 꽉 끌어안으며 덧붙였다.

"아마도 체구가 오페라 가수와 비슷해서 그런 것 같아요. 우리 젤리가 몸집이 크고 튼튼해서 체력도 좋으니까요."

그 말에 마음이 아팠고, 엄마의 팔은 너무 조였다.

내가 레넌 아저씨를 보고 활짝 웃으며 말했다.

"맞아요. '뚱뚱한 여주인공의 노래가 끝날 때까지 오페라는 끝난 게 아니야.'라는 말도 있잖아요. 그러니까 제가 노래하는 날에는 언제 끝날지 모르니 조심해야 돼요!"

내 미소에 아저씨가 웃으면서도 가볍게 한마디 했다.

"말도 안 돼. 뚱뚱하지 않아요."

온몸에 소름이 돋았지만 다행히 내가 말할 틈은 없었다. 엄마가 팔을 풀고 전축을 들여다보며 말했다.

"여태껏 제대로 들어본 적이 한 번도 없었는데, 정말 생생한 게 즉석에서 연주를 듣는 것 같아요. 물론 오래되었다는 느낌이 들기는 하지만 그래도 생기가 넘치네요. 뭐랄까, 역사가 말을 거는 것 같아요."

아저씨가 의욕에 찬 목소리로 말했다.

"바로 그거예요. 제가 느끼기에도 딱 그렇거든요. 우리 한 곡 더 들어 볼래요?"

우리는 자리에 앉아 몇 곡을 더 들었다. 그리고 레넌 아저씨가 어릴 적 음악에 관심을 보인 이야기를 들려주었는데, 처음에는 아빠가 기타를 사 준 것이 계기였다고 했다.

"그때는 기타가 내 몸에 비해 지나치게 컸어요. 손가락으로 지판을 다 감싸지도 못해서 딱 세 가지 코드만 짚을 수 있었어요. 그래도 코드 세 개면 한 곡은 거뜬하게 연주할 수 있죠. 그래서 재즈와 블루스에 빠졌던 것 같아요. 곡 대부분이 코드 두세 가지가 반복돼서 연주하기 수월하거든요. 기본적인 12마

115

디 블루스는 코드 세 개만 알면 돼요. 반나절이면 제가 두 분 다 가르쳐 드릴 수 있을걸요. 일단 기본적인 것만 익히면 어떤 노래든지 다 부를 수 있죠. 저는 한때 학교 가기 싫다는 내용으로 간단히 노래를 만들기도 했어요. 비가 퍼붓는 날에도 체육 선생님이 운동장을 돌게 하다니 가학적이라는 둥…. 아, 심지어 '빌어먹을 문학'이라는 노래도 있었네요. 난독증 때문에 성적이 늘 바닥이었거든요."

나는 웃었지만 엄마는 이렇게 말했다.

"아유, 어떡해."

"걱정 마요. 재밌었으니까. 그러니까 노래가 말이죠. '해가 지고 종이 치면 이제 빌어먹을 문학이 날 부르지.' 운을 달고서 흐뭇했어요."

"당신은 음악을 통해서 힘든 일을 이겨 냈나 봐요."

엄마가 턱을 괴고 아저씨를 지그시 바라보며 말했다.

"맞아요, 정말 그랬던 것 같아요. 삶이 꼭 재밌지만은 않잖아요? 다행히도 제 곁에는 항상 음악이 있었어요."

레넌 아저씨가 돌아간 뒤 둘이서 통감자구이를 먹는데 엄마가 물었다.

"사람이 참 괜찮지 않아? 너도 좋아할 거라고 했잖아."

116

나는 치즈 가루를 한 움큼 쥐어 내 앞에 놓인 감자에 뿌렸다. 기분이 좀 이상하다. 레넌 아저씨가 괜찮은 사람인 건 맞다. 실은 좋은 사람이어서 더욱 불편하다. 엄마가 여태 사귀었던 사람과는 정말 다르다. 재미있는 사람이라 그런지 자기 이야기도 재미있게 했다. 크리스 아저씨도 자신의 이야기를 하기는 했지만, 만날 새 차를 사려는데 여태 돈을 얼마나 모았다는 둥 보험 회사가 자기 돈을 떼먹으려 했다는 둥 어떤 망할 놈이 주차 자리를 뺏었다는 둥 따분한 말을 늘어놓기 일쑤였다. 반면 레넌 아저씨는 무언가를 배운 경험, 불행한 시간, 좋아하는 일 찾기 같은 것을 이야기했다. 내 기억으로 이런 얘기를 하는 남자는 본 적이 없다. 3학년 때 담임 콜러리 선생님을 제외한다면 말이다. 선생님은 친구 사이의 문제나 왕따 문제를 척척 해결했다. 그럴 수밖에 없던 이유가 바로 우리의 말에 귀를 기울이고, 우리를 이해하고, 자신이 학교에서 따돌림 받았던 경험을 들려주었기 때문이다.

그런데 엄마가 만났던 사람들 대부분은 콜러리 선생님과 거리가 멀었다. 더군다나 레넌 아저씨가 남들에게 털어놓지 못한 생각을 표현하기 위해 음악을 이용했다고 말할 때, 문득 핑크색 공책이 떠올랐다. 베개 밑에 잔뜩 숨겨 둔 나의 비밀.

엄마가 행복에 겨운 한숨을 내쉬며 말했다.

"부정 탈까 봐 이런 말 하기 싫지만… 그래도 그 사람 정말 특별한 것 같아."

내가 엄마를 흘깃 보며 물었다.

"엄마, 그 사람 노래가 진짜로 좋았어요? 전축이든 뭐든 전부 다?"

"당연히 좋았지. 음….."

엄마가 치즈 가루 없는 감자를 포크로 긁으며 말을 이었다.

"처음에는 잘 모르겠더라. 아무래도 적응하는 데 시간이 좀 걸리겠지. 내가 평소에 듣던 노래하고 다르니까. 그래도 잘된 일이 아닌가? 뭔가 새로운 걸 시도하는 거잖아. 그리고 특별히 보여 주겠다고 가져왔는데 기분 상하게 하고 싶지 않았어."

그러니까 엄마는 꾸며 낸 거였다. 또 다른 가면. 꼭 내가 즐겁지도 않으면서 그런 척하는 것처럼.

다들 가면을 쓰고 사나? 궁금하다.

무언가가 진짜인 순간을 어떻게 알죠?

정확히 어떤 감정을 느껴야 하는지 어떻게 알죠?

무언가가 사실인지 아닌지 어떻게 구별하죠?

나의 진짜 모습을 어떻게 분간하죠?

어떻게 하면 솔직한 친구가 될 수 있죠?

어떻게 하면 언제 가식이 필요한지 알 수 있죠?

전부 관점에 따라 다른 거라면 어떡하죠?

우리 모두가 그저 계속해서 더듬거릴 뿐이라면 어쩌죠?

15

　안타깝게도 레넌 아저씨는 며칠 동안 우리 집에 오지 않았다. 그래도 지난번에 아저씨가 빌려준 하모니카가 있었고, 스티비 원더와 소니 보이 윌리엄슨의 연주도 엄청 많이 찾아봤다. 그러던 중 어떤 남자와 여자가 하모니카 이중주로 팝송을 연주하는 것을 보게 되었는데, 몇 시간을 봤는지 모르겠다.

　하모니카를 연주하기란 보기보다 어렵다. 인터넷의 초보 강의 영상에서 한 음을 소리 내는 방법을 들었다. 하모니카는 신기하게도 숨을 내뱉을 때 나는 음과 들이마실 때 나는 음이 다르다. 같은 자리인데도 소리가 다르다! 한 구멍에서 두 가지 음이 나는 것이다. 그런데 구멍이 다닥다닥 붙어 있어서 한 번에 딱 한 가지 음을 내는 것이 정말 어렵다. 나도 모르는 사이 다른 음이 새어 들어온다.

엄마는 별로 감흥이 없는 모양이다.

"같은 소리를 그렇게 내고 또 내야 하니?"

엄마가 눈동자를 굴리며 물었다.

"그게 바로 연습이라는 거예요. 연습을 해야 실력이 좋아지 잖아요. 안 그래요?"

"그렇지. 근데 도대체 얼마나 더 연습해야 한 음을 제대로 낼 수 있는 거야?"

엄마는 방금 택배 한 상자를 또 받아서 포장을 전부 뜯느라 바빴다.

"이거 참, 글림 앤드 글로우를 또 빠뜨리고 보내 줬네! 벌써 6주가 지났으니까 루이즈가 가만있지 않을 텐데."

그러고는 휴대폰을 톡톡 두드려 메시지를 보냈다.

"다른 판매자한테 재고품이 있는지 알아봐야겠다. 벌써 몇 번째야. 물류 창고에 날 싫어하는 사람이라도 있나?"

엄마가 다시 상자를 뒤적이기 시작하기에 나는 다음 음을 내 보려고 하모니카를 불었다.

"아, 젤리, 제발 좀!"

느닷없이 톡 쏘는 목소리가 들려왔다.

"시끄럽게 불든 말든 방에 가서 좀 하면 안 될까? 도대체 집 중할 수가 없잖아."

우아, 오늘 엄마가 기분이 안 좋다. 내가 방문을 열려고 손을 뻗을 때쯤 엄마가 갑자기 아무렇지 않은 듯한 목소리로 말했다.

"아, 그건 그렇고 오늘 저녁에 할머니, 할아버지 오시기로 했어."

악. 이제야 엄마의 기분이 안 좋은 이유를 알겠다.

"몇 시에요?"

내가 아무렇지 않은 척 물었다.

"여섯 시. 그러니까…, 나도 모르겠다. 방을 정리하든가 해."

내 방은 이미 깨끗하다.

"알았어요."

그러고는 방으로 가서 하모니카를 제자리에 넣어 두었다. 지금은 연습할 기분이 아니다.

할머니, 할아버지가 도착할 때쯤 엄마는 거실에 있던 포장재를 싹 치우고, 청소기를 돌리고, 소파의 쿠션을 팡팡 두드려 놓고(거기 앉지 마. 쿠션 꺼지잖아!), 탁자를 정리하고, 향기 나는 초를 켜 두었다.

할아버지가 집에 들어서자마자 내뱉은 첫마디는 이러했다.

"무슨 냄새가 이리도 지독하냐?"

할아버지는 키가 큰 편이 아닌데 몸집이 옆으로 떡 벌어지고 발은 펭귄처럼 약간 바깥쪽을 향해 있다. 뚱뚱하진 않지만 어째선지 공간을 아주 많이 차지한다. 할아버지가 소파에 앉으면 두 다리의 간격이 넓다. 엄마는 그걸 보고 '쩍벌남'의 버릇이라고 말하는데, 정말 그렇다. 여자가 그렇게 앉는 것을 본 적은 없으니까. 할아버지의 눈은 잿빛이 도는 파랑색인데 거의 항상 화가 나 있다.

오늘은 할아버지가 엄마를 잠깐 안아 주더니 어깨를 붙잡고 아래위로 훑어보며 말했다.

"너 괜찮냐? 피곤해 보이는구나. 너무 무리하지 마라. 특히 집안의 냄새가 이렇게 지독할 때는 말이지!"

곧 요란한 웃음을 터뜨리고는 나를 슬쩍 보며 덧붙였다.

"오, 그래, 젤리구나. 정말 훌쩍 자랐네? 너는 애한테 뭘 먹이는 게냐? 스테로이드제 같은 거라도 먹는 건가?"

또다시 웃었다.

나는 마음이 쪼그라드는 듯한 기분이 들었다.

"아빠…. 젤리는 아무 문제없어요."

"그렇고말고."

할머니가 맞장구쳤다. 보통은 뒤에서 가만히 지켜보는 편인데, 이번에는 나서서 나를 안아 주었다. 내 손에 할머니의 새처럼 가냘픈 몸이 닿았고, 코에는 분내와 함께 걱정 냄새가 끼쳤다.

"젤리는 흠잡을 데가 없지. 안 그러니?"

나는 할머니를 보며 미소 지었지만, 아무도 신경 쓰지 않았다. 할아버지가 할머니의 말에 귀를 기울이지 않다 보니 항상 이렇게 묻혀 버린다.

할아버지가 소파에 앉았는데, 자리를 거의 다 차지하다시피 했다.

"저 선반은 아직도 안 고치고 놔둔 게로구나."

선반이 떨어진 후로 벽에 구멍이 그대로 드러난 지 꽤 시간이 흘렀다. 구멍에서 눈을 떼지 않은 채 할아버지가 물었다.

"그 남자는 저거 못 고친다고 하더냐? 크리스 녀석 말이다."

"크리스는 이제 안 만나요."

엄마가 말하고는 목을 가다듬었다.

할아버지가 '피식' 하고 웃더니 고개를 내둘렀다.

"또 한 사람을 놓친 게냐?"

"별로 좋은 사람도 아니었어요. 엄마한테 잘해 주지도 않았고요."

엄마가 한 대 맞은 것 같은 얼굴을 하고 있기에 내가 불쑥

124

말해 버렸다.

내 말에 엄마가 나를 지그시 쳐다보는데, 고마워하는 눈치는 아니고 눈빛이 매서웠다.

"손뼉도 부딪쳐야 소리가 나는 법이지."

할아버지의 말은 내가 듣기에 전혀 이해가 되지 않는 소리였다.

"저녁 준비해야겠어요."

엄마가 눈길을 피해 고개를 돌리며 말했다.

그 말에 할머니가 벌떡 일어났다.

"얘야, 내가 도와주마."

그렇게 할머니는 엄마를 따라가 버렸다.

나는 할아버지와 둘이 있고 싶지 않았다. 그래서 나도 따라나섰는데 엄마가 돌아서서 낮은 목소리로 말했다.

"젤리, 할아버지 옆에 있어 드려."

내가 입술을 깨물었다.

"음…."

"할아버지한테 학교에서 운동하는 이야기를 해 드리면 어떨까? 너도 알다시피 할아버지가 스포츠를 참 좋아하시잖니."

할머니가 손을 뻗어 내 머리칼을 쓸어 넘기며 제안했다.

나는 한숨을 푹 쉬었다. 할아버지가 스포츠를 좋아한다는

사실은 물론 잘 안다. 그런데 스포츠 관람을 좋아하지 운동하
는 걸 즐기지는 않는다. 할아버지는 거의 모든 종목을 챙겨 보
는데, 그게 다 심판이 어떻다고 불평하는 것을 정말 좋아하기
때문이다.

"알겠어요."

이렇게 대답하고는 발을 질질 끌며 거실로 돌아갔다.

'어른을 공경해야지. 너한테 하나뿐인 할아버지잖아.'

엄마가 늘 하는 말을 떠올리며 억지로 미소를 지어 보였다.

"마실 것은 주는 게지?"

내가 다가가자 할아버지가 부드럽게 말했다. 할아버지는 몸
을 숙여서 디브이디 선반을 훑어보고 있었다.

"네 엄마는 쓸데없는 것만 잔뜩 쌓아 놓고 보는구나."

"마실 거 드릴까요?"

"와인 한잔. 고맙다."

할아버지는 여전히 선반에서 눈을 떼지 않았다.

"이건 또 무슨 낭만적인 쓰레기냐?"

꺼내 든 디브이디 앞면에는 두 커플이 활짝 웃고 있었다.
〈로맨틱 홀리데이〉라는 영화인데, 엄마가 억만 번은 본 것
이다.

"할아버지가 와인 한잔 드시고 싶대요."

내가 부엌을 향해 외치자 엄마가 큰 소리로 물었다.

"어떤 색?"

"어떤 색이요?"

내가 할아버지에게 물었다.

"뭐든."

"아무거나 괜찮으시대요!"

그대로 부엌에 전달했다. 진짜, 모르는 사람이 들으면 우리 집이 엄청 큰 줄 알겠다.

나는 할아버지에게 무슨 말을 해야 좋을지 정말 모르겠는데, 할아버지는 아직도 〈로맨틱 홀리데이〉를 살펴보고 있었다. 할아버지가 금발 여자의 사진을 손으로 툭툭 쳤다.

"이 여자 참 매력적이구먼. 환하게 웃는 얼굴 좀 봐!"

그러고는 소파에 기대앉으며 탁자에 디브이디를 툭 떨어뜨리고 다시 다리를 쩍 벌렸다.

"요즘 젊은 여자들은 너무 심각하게 생각해서 탈이야. 페미니즘이다 뭐다 하면서 말이지. 그냥 즐겁게 살면 되지 뭐가 문제야?"

나는 정말이지 할아버지의 말이 이해가 안 갔다. 엄마는 사업을 하고, 친구들과 만나면 즐겁게 시간을 보낸다. 그렇다고 해서 엄마가 페미니스트인지 아닌지는 잘 모르겠다.

아까 할머니의 말처럼 운동 이야기를 해 보려고 겨우 떠오른 생각을 붙잡았다.

"저 마스턴중 들어가면 럭비 배울 거예요."

럭비는 할아버지가 좋아하는 스포츠 중 하나다.

할아버지가 나를 뚫어지게 쳐다봤다.

"뭐? 마스턴이 뭐?"

"9월이면 새로 입학하는 학교예요. 거기서는 가을 학기에 럭비 경기를 한대요."

"여학생한테 럭비를 가르친다고? 아니, 도대체 왜 그런다니?"

아, 이런. 이 얘길 꺼내는 게 아니었다.

"럭비는 남자들이 하는 시합이지."

할아버지가 시동을 걸었다.

"여자애들이 사내들처럼 공격성을 없애려고 애쓸 필요가 뭐 있겠냐."

할아버지가 곧 크게 한 번 웃고는 덧붙여 말했다.

"여자애들한테 럭비를 가르쳐 봐야 거 다 소용없다. 손톱이 부러지거나 진흙을 뒤집어쓸까 봐 안절부절못할 텐데!"

그러면서 여학생은 네트볼(농구와 비슷한 종목. 주로 여자가 경기한다. : 옮긴이) 같이 부딪칠 일이 없어서 '안전한' 운동을 해야 한

다는 둥 테니스 같이 짧은 치마를 입어서 보기 좋은 운동을 해
야 한다는 둥 말을 늘어놓았다. 나는 귓등으로 흘려보내고 고
개를 계속 끄덕이면서 머릿속으로는 시를 짓기 시작했다.

나는 여자애다

나는 진흙이다
나는 피다
나는 성질이다
내가 다 부숴 버릴 수 있다
나는 꿈이다, 나는 계획이다
나는 증오다, 나는 대단하다
나는 강하다
나는 제자리에 있다
나는 싸울 수 있다
나에겐 힘이 있다

나는 소용돌이다
나는 여자애다
무시하는 거야?
내 고함
소리 좀
들어봐

16

할아버지는 저녁 식사를 하면서 와인을 한 잔 더 마셨다. 고기는 너무 오래 익혀서 살짝 타 버렸다. 엄마는 할머니, 할아버지만 오시면 이렇게 긴장한다.

할아버지가 도움을 주려는 것인지 모르겠지만 이 부분을 지적했다.

"남편을 얻으려면 요리 실력 좀 길러야겠다."

내 생각에 할아버지는 시간 여행자인 것 같다. 저런 말을 하는 걸 보면 분명히 한 백 년 전쯤에 살다가 왔을 것이다. 산비네 아빠는 식당을 운영하는데 대단한 요리사다. 산비 말로는 아빠가 카레와 차파티를 만들면 엄마가 만든 것과는 비교도 안 되게 맛있다고 한다.

"엄마가 남편을 구하려는 게 아닐 수도 있잖아요."

내 앞에 놓인 고기를 어떻게든 잘라 보려고 노력하면서 거리낌 없이 말했다.

"젤리…."

엄마가 풀이 죽은 목소리로 나를 말렸다.

"당연히 네 엄마는 남편감을 찾으려는 게지. 어렸을 때부터 만날 결혼하고 싶어 했는걸."

할아버지가 활짝 웃었다.

"어떤 웨딩드레스를 입을까 직접 그려 보기도 하고, 들러리는 누가 좋을까 고르느라 몇 시간을 보냈지. 친구가 누구냐에 따라 들러리가 항상 바뀌었던 거 기억나?"

갑자기 할머니에게 말을 걸자 할머니는 놀랐는지 살짝 움찔했다.

이내 할머니가 웃음 지으며 답했다.

"아, 그럼요. 언제는 제시카와 루비였다가 또 언제는 그 친구들이랑 사이가 틀어져서 비키였나 캔디스였을 거예요."

"캔디스? 아, 맞아. 흑인 여자애였지. 걔 아버지가 감옥에 가지 않았나? 뻔할 뻔 자지."

나는 고기를 질겅질겅 씹었다. 할아버지는 거의 모든 사람을 우습게 여긴다. 그 사실을 할아버지에게 알려 주자니 마치 호수 한가운데서 양동이로 물을 퍼내려는 것 같다. 너무 크니

132

까 어디서부터 시작해야 할지 모르겠고, 해 봤자 달라질 게 없을 듯한 상황. 게다가 물을 퍼내기는커녕 내가 빠져 죽을 것만 같다.

이모가 할아버지와 왜 그렇게 자주 다투었는지 이제 알겠다. 이모는 동종요법이나 도서관, 오래된 나무 지키기나 노숙자 돕기 같은 것에 관심이 많다. 할아버지는 약초라면 뭐든지 '뉴에이지 쓰레기'라 생각하고, '노숙자는 다른 사람들처럼 일자리를 구해야 마땅하다.'고 생각한다. 할아버지를 좋아하기란 참 어려운 일이지만, 엄마가 계속 노력하니까 나도 노력한다.

저녁을 먹은 후에 할아버지는 묻지도 않고 텔레비전을 켰다. 채널을 이리저리 돌리다가 좋아하는 채널이 여기서는 안 나온다고 투덜거리면서 결국 스포츠 방송에 맞춰 놓았다.

"차 끓이는 김에 나도 한잔 다오."

할아버지가 외쳤다.

사실 차를 끓이는 사람은 아무도 없었는데, 그 말에 끓이기 시작했다.

나는 부엌에서 엄마와 할머니를 도와 이것저것 씻고 닦아서 정리했다.

"젤리, 요즘 어떻게 지내니?"

할머니가 내게 닦을 냄비를 하나 건네며 물었다.

"초등학교의 마지막 학년이라니 기분이 이상하겠구나. 정말 커졌다는 기분이 드니?"

할머니는 돌연 헉 하는 소리를 작게 내더니 무척이나 허둥대기 시작했다.

"그러니까 할머니 말은, 학교에서 나이가 제일 많으니까 크다는 얘기지, 다른 이유…, 네가 크기는 뭐가 커. 얼마나 예쁘다고. 다른 사람 말은 너무 귀담아듣지 말렴. 아이구 이런."

속에서는 한숨이 푹 나왔지만 그냥 이렇게 말했다.

"괜찮아요. 무슨 말씀인지 알아요. 맞아요, 진짜 시간이 많이 지났구나 하는 생각이 들어요. 다들 너무 어려 보이고요. 근데 학교에서 가장 높은 학년인 것도 기분 좋아요."

할머니는 여전히 붉어진 얼굴로 어쩔 줄 모르는 눈치였다. 입가가 떨리는 게 보였지만 할머니가 한껏 웃으며 물었다.

"이제 앞으로 어떨지 기대되니? 네 친구들은 다 같은 학교로 가는 거야?"

"네, 케이마랑 산비도 마스턴중으로 가게 됐어요. 근데 그 학교는 워낙 커서 같은 반이 될지는 잘 모르겠어요."

"분명 새로운 친구도 많이 사귀게 될 거야. 넌 참 명랑한 사람이잖니. 그건 값을 매길 수 없을 만큼 소중한 자산이란다."

할머니가 내 어깨를 토닥이며 덧붙였다.

"다들 자신감 있는 사람을 좋아하니까 너한테 마음이 끌리겠지."

나도 할머니를 보며 웃었다. 할머니는 나의 자신감이 허울뿐이라는 사실을 꿈에도 모른다.

"1학년은 악기를 배울 수 있다는 것 같던데. 어디선가 확실히 봤어."

난 엄마의 말에 놀라 입이 다물어지지 않았다.

"정말? 진짜로요?"

엄마가 웃으며 답했다.

"이제 드디어 네가 악기를 배우겠구나."

"근데 하모니카도 악기잖아요."

내 말에 할머니가 물었다.

"하모니카? 그건 어쩌다 배우게 됐니?"

"아, 그게 있잖아요, 그러니까…."

엄마가 내 말을 가로챘다.

"아, 엄마도 알다시피 얘가 이것저것에 관심이 많잖아요. 제일 최근에 빠진 게 하모니카예요. 요즘 영상도 많이 찾아보면서 혼자 연습하더라고요."

나는 입을 다물었다. 엄마는 내가 레넌 아저씨 이야기를 꺼내는 게 싫은가 보다. 너무 티가 나잖아. 그래서 난 할머니에게 헤헤 웃어 보이며 말했다.

"제대로 잘하게 되면 한 곡 연주해 드릴게요."

"그럼 정말 좋지. 너 연주할 때 엄마가 같이 노래 불러도 되겠는걸. 너희 엄마가 어렸을 때 목소리 곱다는 이야길 항상 들었단다. 겨울에 학교에서 연극할 때 노래 불렀던 게 아직도 기억나. 천사 같은 목소리였지."

"아빠는 저더러 음치라고 하셨는걸요."

엄마가 말했다.

"아휴, 그런 말을 진지하게 받아들이면 어쩌니. 아빠는 나름대로 농담하는 걸 좋아하시잖아. 게다가 그때 네가 하얀 드레스를 입고 머리까지 빛이 나서 하나같이 예쁘다고 칭찬하던 거 기억 안 나? 다른 엄마들이 어린이 모델 계약해야 되는 거 아니냐고 난리였어."

"왜 모델 안 했어요?"

내가 물었다.

"할아버지가 못하게 막으셨단다."

할머니가 거실 쪽을 흘긋 보며 목소리를 낮췄다. 사실 그럴 필요는 없었다. 할아버지는 오로지 에프원 경주에 열중해 있고, 차가 붕붕대며 달리는 소음 때문에 우리가 무슨 얘기를 하든 들릴 리가 없다.

"모델이 하는 일은 점잖지 못하다고 했지. 할아버지는 그런 걸 전부 안 좋게 생각해서. 패션 사업이든 미용 사업이든….."

아주 잠깐 정적이 흘렀다. 엄마가 입술을 앙다물었다.

할머니가 당황했는지 눈이 커졌다.

"아유, 애야, 네 얘기를 한 건 아니야. 너는 혼자 사업도 하고, 우리가 너를 얼마나 자랑스럽게 여기는지 잘 알잖니. 그저 네가 행복하길 바랄 뿐이란다."

엄마는 말이 없었다.

할머니가 또 한 번 거실 쪽을 쳐다보고는 한숨을 쉬었다.

"할아버지가 다른 사람 감정을 해칠 마음이 있는 건 아니야. 그냥 그런 사람일 뿐이지. 안 그래?"

여기에는 누구라도 딱히 할 말이 없을 것 같다.

옛날에는 말이야, 전축이 있었고

학교까지 3킬로미터를 넘게 걸어 다녔고

겨울은 무릎을 에어 낼 듯 추웠어

석탄으로 불을 피웠고

차게 굳은 기름에 빵을 찍어 먹었고

구슬로 혼자 게임을 했고

남자애들은 럭비를 했고

여자애들은 타자기 사용법을 배웠고

흑인들은 자기 분수를 알아서

우리 자리를 피해 다녔고

물론 친구가 될 수는 있었지만

그렇다고 똑같아질 수는 없었지

그런데 지금은 말이야

스마트폰이 있고

인터넷으로 사회적 관계를 맺고

전자레인지로 데워 먹는 음식을 팔고

엑스박스 게임이 있고

여자 축구 경기가 텔레비전에 나오고

남자와 남자가 결혼할 수 있고

젠장, 누구든지 좋아하는 사람과 친구가 될 수 있어

다만

우리 할아버지처럼

이제 더 이상

옛날이 아니라는

사실을 모르는

사람은 예외다

17

 그 뒤로 레넌 아저씨가 집에 들렀을 때 나는 들떠서 정말 심장이 터지는 줄 알았다. 하모니카로 혼자 연습한 곡이 있었는데, 너무 긴장한 탓에 손이 미끄러워서 네 번을 시도하고서야 제대로 연주하게 되었다.

 아저씨가 나를 보며 환하게 웃었다.

 "굉장한데! 이거 홀리스 곡이잖아요. 나도 좋아하는 노래예요. 정말 잘하는데요. 연습을 엄청 많이 했겠어요!"

 "날마다 했죠."

 엄마가 투덜거렸지만 기분이 좋은 목소리였다. 레넌 아저씨가 집에 도착했을 때 엄마는 조금 수줍음을 타기 시작했는데, 글쎄 얼굴까지 발개졌다.

 "자, 나도 같이 연주해 볼까요?"

레넌 아저씨가 이렇게 물으며 문 옆에 둔 기타 가방을 가리켰다.

나는 등에 소름이 돋았다.

"음…, 그럴까요?"

아저씨가 기타를 꺼내 들고 조율하기 시작했다. 줄을 하나씩 퉁기면서 다른 줄과 음이 고르게 맞는지 확인했다. 그러고는 몇 가지 코드를 짚으며 나를 올려다봤다. 기타는 얌전한 강아지처럼 아저씨의 무릎에 가만히 앉아 있었다.

"내가 셀까요?"

아저씨가 물었다.

"네."

"둘, 셋, 넷…."

내 연주가 썩 훌륭하지 않았지만, 그게 그리 중요한 것 같지는 않았다. 레넌 아저씨가 내가 내는 소리를 따라 찬찬히 연주해 주었기 때문이다. 내가 다음 음을 찾느라 살짝 느려지면 기다려 주고, 너무 빨라지지 않도록 배려해 주었다. 내 기분은 마치… 음, 잘 모르겠다. 꼭 내 안에 있는지도 몰랐던 무언가가 모습을 드러낸 것 같았다.

연주를 마치고 나서는 마른침을 꿀꺽 삼켜야 했다. 이 이상한 기분 탓에 눈물이 왈칵 쏟아질 것 같았으니까.

엄마가 조용히 말했다.

"아아, 정말 좋다."

엄마는 눈을 반짝거리며 나와 레넌 아저씨 사이를 바라봤다.

아저씨가 웃으며 말했다.

"우리 이 곡 끝까지 연주 한번 해 볼래요? 중간에 하모니카가 솔로로 연주하는 거예요. 독주 시작할 때 내가 알려 줄게요."

그렇게 레넌 아저씨는 우리 집 소파에 앉아서, 할아버지가 독설을 퍼붓던 바로 그 자리에서 이토록 아름다운 노래를 불렀다. 사랑과 형제와 머나먼 길을 노래했다. 그리고 엄마와 나는 넋을 잃고 아저씨의 손가락이 지판에서 춤추는 모습을 바라보았다. 곧 레넌 아저씨가 말했다.

"젤리, 독주 준비 됐죠?"

나는 서두르다 하모니카를 떨어뜨리고 말았다. 사실 내가 연주해야 된다는 것도 까맣게 잊어 버렸다. 그래도 아저씨는 전혀 문제 될 게 없다는 듯 내가 시작할 때까지 차분히 기다려 주었다. 이번 연주는 아까보다 훨씬 나아졌다. 내 독주에 이어 아저씨가 노래를 마무리하자 엄마가 훌쩍이며 말했다.

"화장지 좀 써야겠다."

그러면서 화장실로 달려갔다.

레넌 아저씨가 나를 보며 웃었다.

"해 보니까 어때요?"

입이 떨어지지가 않았다. 이런 적이 없었는데 이상했다.

"기분이 꼭… 얼음과 꿀 같아요. 달콤하기도 하면서 동시에 소름이 돋아서요."

내 말에 아저씨가 더 활짝 웃어 보였고 눈에서 다이아몬드가 반짝였다.

"그거 진짜 딱 들어맞는 표현이네요. 시인이 따로 없는걸."

나는 망설였다.

"저 사실 시를 쓰긴 해요."

"그래요? 대단하다. 엄마는 그런 말씀 안 하시던데."

"엄마는 몰라요."

내가 화장실 쪽을 휙 쳐다보며 덧붙였다.

"엄마한테 말하지…."

갑자기 엄마가 나오는 바람에 난 순간 당황했다. 그때 레넌 아저씨가 기타로 다른 곡을 연주하면서 나를 보고 살짝 끄덕이며 말을 걸었다.

"이번엔 내 노래 들어 볼래요?"

아저씨가 비밀을 지켜 줄 것 같아서 다행이다.

노래는 곁에 있는 남자를 몰라주는 여자에 관한 내용이었다. 엄마가 일인용 소파에 무릎을 끌어안고 앉아서 레넌 아저씨가 노래하는 모습을 바라보았다. 엄마의 눈길은 부드러웠고 몸은 어딘가 달라 보였다. 조금 시간이 지나서야 엄마가 긴장이 풀렸다는 걸 깨달았다. 엄마는 평소에 잠시라도 늘어지는 법이 없다. 심지어 차를 마시면서 나와 이야기를 나눌 때에도 엄마는 몸에 잔뜩 들어간 힘을 풀지 않는다. 언제나 다음 일을 대비하는 사람처럼. 그런데 지금 엄마는… 마음이 고요한 것 같다. 차분히 가라앉은 것 같다. 그리고 표정은…, 내가 이런 표정을 본 적이 있었는지 모르겠다. 엄마 눈 주변의 자잘한 선들이 사라져 버렸다.

나는 다시 레넌 아저씨를 봤다. 아저씨는 노래를 부르며 눈을 지그시 감았고, 코드를 바꿀 때면 팔의 근육이 꿈틀거렸다. 자기만의 세상에 있는 사람처럼, 우리가 여기에 있다는 사실도 잊은 듯하다. 그러니까 아저씨는 자기만의 세상에서 자신의 모습을 드러내고 있었다. 우리는 그 세상의 바깥에서 그저 지켜볼 뿐이었다.

아저씨가 눈을 떴을 때 시선은 내가 아니라 엄마를 향했다. 둘의 눈이 마주칠 때 잠시 소리 없이 불꽃이 이는 듯했다.

실은 자리를 뜨고 싶지 않았지만 비켜 줘야 할 것 같았다. 내가 끼어들 수 없는 일이 벌어질 것 같으니까. 그래서 난 몸

을 일으켜 내 방으로 향했고, 그동안 둘은 여전히 서로를 바라
보았다.

허공을 가르고

눈길이 마주친다

만나서 떨어지지 않고

두 심장이 쿵쿵

뛰는 소리에 집중한다

서로 화음을 이루어

세상 모두가 볼 수 있게

펼쳐진다

얼음과 꿀

차갑고 달콤함

사랑과 눈길

그리고 음악의 만남

18

며칠 뒤 엄마가 말했다.

"레넌이 토요일에 다 같이 소풍 가면 어떻겠냐고 묻더라."

난 놀랐다. 평소에 우리 집은 소풍 가는 일이 거의 없기 때문이다.

"어디로요?"

"정확히는 모르겠어. 레넌이 운전해서 시골로 가면 좋겠대."

시골이라니 낯설지만 재밌을 것 같다. 우리는 도시를 벗어난 적이 별로 없다.

"기타도 가져온대요?"

엄마가 웃었다.

"그럴 것 같은데. 어딜 가든 항상 들고 다니잖아."

그리고 시간이 좀 지나서야 왜 이 대화가 이상했는지 깨달

왔다. 엄마의 웃음이 이전과는 달랐다. 그건 진심으로 웃는 소리였다.

토요일은 화창했다. 엄마가 준비하는 데 한참이 걸렸다.

"이 옷은?"

엄마가 계속해서 물었다.

"아니면 이건? 너무 더우면 싫어. 근데 또 레넌은 저 파란 옷을 맘에 들어 했단 말이지. 아니면 두 개 다 놔두고 그냥 회색 원피스 입을까?"

엄마가 거울을 보며 몸을 옆으로 돌려서 배를 만졌다.

"안 돼. 그건 못 입겠다. 배 나온 것 좀 봐!"

엄마의 배는 나온 것도 아니다. 배 안에는 중요한 장기 여러 개가 있으니까 어느 정도 볼록해야 하는 만큼, 딱 그만큼만 나왔다.

"근데 너는 뭐 입을 거야?"

엄마가 갑자기 내게 관심을 보이며 따지듯 물었다.

내가 입은 옷을 내려다보며 말했다.

"이거요."

난 보라색 레깅스에 크림색 티셔츠를 입고 있다. 티셔츠는 엄마가 사 준 옷인데, '꽃처럼 예뻐'라는 말이 구불구불한 글씨로 적혀 있다.

엄마가 눈썹을 살짝 찡그렸다.

"괜찮은데? 그럼 나도 레깅스 입는 게 좋을까? 너무 차려입기는 싫고, 잘 입고는 싶단 말이지."

"엄마는 뭘 입어도 보기 좋아요."

칭찬하는 말이 입에서 튀어나오자마자 난 입술을 깨물었다. 엄마는 칭찬 듣는 것을 안 좋아하기 때문이다. 이제 핀잔을 맞겠구나 예상하며 마음을 다잡았다.

그런데 웬걸, 엄마가 내 볼을 감싸고 따뜻한 눈길로 바라보며 말했다.

"우리 젤리 너무 착하다. 엄마한테 그렇게 말해 줘서 고마워."

난 마음까지 온통 따스해졌다. 엄마가 칭찬을 받아들인 적은 여태 단 한 번도 없었다. 나는 엄마를 끌어안았다.

"엄마 정말 예뻐요. 엄마가 쓰레기봉투를 입더라도 세상에서 제일 예쁜 엄마일 거예요."

"아유, 우리 딸."

띠링 하는 소리에 내가 옆 탁자에 놓인 엄마의 휴대폰을 내려다봤다.

'크리스 님이 메시지를 보냈습니다.'

엄마가 손을 뻗어 메시지를 읽지도 않고 지워 버렸다. 그러고는 다시 뭘 입을지 고민하기 시작했다.

나는 싱긋 미소가 지어졌다.

레넌 아저씨가 도착했을 때쯤 엄마는 드디어 입을 옷을 고르고 옷에 맞게 화장을 다 마쳤다. 나는 두 번째 아침 식사를 끝냈다.

내가 현관문을 열자 레넌 아저씨가 환하게 웃었다.

"젤리, 잘 지냈어?"

아저씨는 흰 셔츠에 자주 입는 갈색 재킷과 청바지를 입었는데, 그 모습을 보니 해적이 떠올랐다.

"기타 가져왔어요?"

내가 물었다.

"차에 있지. 넌 하모니카 가져가는 거야?"

"그럼요!"

그러고는 방으로 달려가는데 아저씨가 뒤에서 외쳤다.

"그러고 보니 너희 엄마가 다룰 악기도 한번 찾아 봐야겠다."

그리고 엄마의 부드러운 목소리가 들려왔다.

"벌써 하나 있잖아. 안 그래요?"

그 말에 아저씨가 쿡쿡 웃고 곧 둘이 입을 맞추는 것 같았다. 나는 아저씨가 좋은 사람이라고 생각하면서도 그런 건 정말 여전히 욱, 이상하다. 그래서 하모니카를 벌써 찾았음에도 뭉그적거렸다.

레넌 아저씨의 차는 8년 된 폭스바겐 골프였다. 안에 들어가 보니 살짝 과자 같은 냄새가 나고, 좌석 아래에는 찢어진 포장지 몇 개가 굴러다니는데, 굳이 말을 꺼내지 않기로 했다. 룸미러에는 체리 모양의 방향제가 달려 있지만, 체리 냄새는 나지 않았다.

우리는 도시를 벗어나 달렸다. 레넌 아저씨가 가는 길에 가스펠 송을 틀었다. 여러 사람이 함께, 때로는 신을 노래했다. 무척 행복한 듯한 목소리였다.

"학교 다닐 때 합창단에서 이 노래 가끔 불렀어요."

엄마가 불쑥 꺼낸 말에 레넌 아저씨가 돌아보며 말했다.

"야, 이거 같이 노래 좀 해 봐야겠는데요."

엄마는 온통 새빨개진 얼굴로 허둥거렸다.

"아, 안 돼. 난 그런 거 안 해요. 목소리가 좋은 것도 아니고."

"분명 당신이 생각하는 것보다 좋을 거예요."

"난 당신 노래 듣는 게 더 좋아요."

엄마가 레넌 아저씨의 무릎에 손을 얹으며 말했다. 아저씨가 웃음 짓고는 곧 말했다.

"자, 여기입니다."

'여기'는 어느 마을의 골목이다. 양 옆으로는 집들이 늘어서 있다.

"시골 간다고 하지 않았어요?"

내가 묻자 레넌 아저씨가 웃는다.

"숨겨 놨지. 걱정 마. 곧 찾아갈 테니까. 같이 모험을 하는 거야."

모험이라니. 듣기 좋은 단어다.

차의 트렁크에는 커다란 배낭이 들어 있었다. 난 양쪽으로 뚜껑이 달린 바구니가 아니어서 조금 실망했다. 소풍이라면 그런 바구니에 담아 가야 하는 거 아닌가? 책에서 아이들 여럿이 소풍 가는 장면을 읽은 적이 있는데, 거기서도 어김없이 그런 바구니가 나왔다. 그래도 배낭이 더 쓸모 있을 것 같긴 하다. 레넌 아저씨가 배낭을 둘러메고서 기타를 집어 들었다. 그러고는 나를 보고 씩 웃으며 물었다.

"준비 됐지?"

"네."

아저씨가 엄마에게 손을 내밀자 엄마가 손을 잡았다.

"이쪽이에요."

골목을 따라 보이는 집들은 전부 조금씩 내려앉아 있었다.

지붕도 평평하지 않고, 창문도 살짝 기울었다. 정말 오래된 집 같았다. 사실 그중 한 집은 문 위쪽에 문패가 붙어 있었는데, 거기에 1743년이라고 새겨져 있었다.

"우아."

난 놀랄 수밖에 없었다. 우리 아파트 건물은 아직 50년 밖에 안 됐는데, 이 집은 진짜 오래됐구나.

"어릴 때 이런 집에서 살았어요. 초가지붕은 다 좋은데, 거미가 너무 많은 게 흠이에요."

레넌 아저씨의 말에 엄마가 몸서리쳤다.

"으으, 난 거미는 딱 질색이에요."

정말이다. 우리 집에 거미가 나타나면 잡지로 때려잡는 사람은 바로 나다. 물론 죽이기보다 유리잔에 가두어 밖으로 내보내야 한다는 건 알지만, 난 도저히 못하겠다. 내가 겁이 없는 편이긴 해도 그 정도로 없지는 않다.

두 집 사이에 어느 정도 간격이 있는데, 그곳에 사다리처럼 나무판자를 얽어 만든 문이 보였다. 그 옆으로는 나무 우편함이 세워져 있고, 함 위쪽에 '오솔길'이라고 적힌 표지판이 눈에 들어왔다.

"이쪽으로 갑시다."

레넌 아저씨가 말했다.

나무 문 반대편에는 좁고 그늘이 드리워진 길이 이어졌다. 길 양 옆으로 늘어선 산울타리는 키가 크고 두꺼웠다. 길에는 돌과 잡초가 많고, 또 가끔씩 산울타리에서 쐐기풀이 삐져나와 있어 잘 피해 다녔다.

"옷을 진짜 잘못 골랐네."

엄마가 불평했다. 결국 고른 옷이 긴 치마에 발레 슈즈 같은 단화였다. 잘못 골라도 한참 잘못 고른 거였다. 물론 고민하면서 엄마가 내게 의견을 물었을 때에는 생각지도 못했지만. 난 운동화를 신고 와서 다행이다.

오솔길이 낯설고 좁긴 해도 초록 나무가 우거져서 마음에 들었다. 이 길 끝에서 무언가 신나는 일이 벌어질 것 같다.

레넌 아저씨가 앞장서 걷다가 길이 끝나는 곳에서 다시 돌아와 그곳에 재미난 문이 있다고 했다. 한 명씩만 지나갈 수 있는 여닫이문인데, 이름이 '키스하는 문'이란다.

그 말에 나는 얼굴을 찡그렸다.

"웩."

그러자 아저씨가 문을 지나가며 웃었다.

"맞아. 그렇게 느껴질 수 있지. 나도 네 나이 때 그런 것만 보면 항상 '웩' 소리가 나왔어. 그러면서도 속으로는 몰래 바랐지. 나도 언젠가 누군가와 키스할 수 있기를 하고 말이야."

내 얼굴이 불긋해졌다.

"그만해요….."

"젤리가 아주 인기가 많아요. 존재감이 정말 크잖아요. 남자 친구들이 줄을 설 거예요."

엄마가 내 뒤에서 문을 지나오며 말했다.

존재감이 크다. 존재감이 큰 만큼 몸집도 크다. 나는 문득 밀려드는 창피함에 진저리를 쳤다.

"아니면 여자 친구들일 수도 있죠."

레넌 아저씨가 한마디 더했다.

그 말에 엄마가 눈썹을 치켜 보이며 말했다.

"맞아요. 그럴 수 있죠. 누가 알겠어요?"

키스하는 문을 지나니 좁다란 길이 넓은 들판으로 이어졌다. 갑자기 하늘이 두 배는 넓게 펼쳐졌다. 저 멀리에 있는 집 한 채 말고는 그냥 들판과 산울타리와 하늘밖에 없다. 그리고….

"말이다!"

내가 소리쳤다. 우리 앞에는 오솔길이 들판 한쪽을 따라 죽 이어지고, 왼편에는 말뚝과 끈으로 만든 울타리가 쳐져 있고, 그 너머에는 말 세 마리가 있었다. 갈색 한 마리, 검정색 한 마리, 흰색 한 마리. 다들 조금 떨어진 곳에 있는 잔디를 우두커니 바라보고 있다. 내가 큰 소리로 말을 건넸다.

"안녕! 여기야, 여기! 이리 와서 나한테도 인사해 줘!"

그러고는 사람들이 말을 보면 소리 내듯 나도 혀로 입천장을 튕겼다.

세 마리 모두 고개를 들어 쳐다보긴 했지만 그중 한 마리, 검은 말만 슬렁슬렁 걸어왔다.

"네가 간식 주는 줄 아나 본데. 당근이라도 좀 가져왔으면 좋았을걸."

"아하!"

레넌 아저씨가 메고 있던 가방을 바닥에 내려놓고는 뒤적이기 시작했다.

"당근을 가져왔어요?"

내가 아저씨에게 물으면서 검은 말의 부들부들한 코를 만져 보려고 울타리 쪽으로 손을 뻗었다. 어쩌면 말이 아니라 조랑말일지도 모르겠다. 둘 사이에 차이점이 있는데, 그게 뭐였는지 기억이 안 난다.

"아니⋯."

레넌 아저씨가 계속 가방을 뒤지다가 곧 덧붙였다.

"그렇지만 사과를 가져왔지. 자, 여기."

나는 사과를 받아들고 손바닥을 쫙 펴서 말에게 내밀었다.

말이 사과를 아삭아삭 씹으면서 손을 핥는 바람에 질척한 침으로 범벅이 됐다. 손에 닿는 느낌이 간지러워 웃음이 났다.

"아, 젤리. 네 손 좀 봐. 너무 지저분하다."

엄마의 말에도 아랑곳 않고 내가 말의 코를 쓰다듬었다.

"상관없어요. 근데 말이 정말 크지 않아요? 아니, 텔레비전 같은 데서 보면 이만큼 커 보이진 않잖아요. 이렇게 큰 말을 어떻게 타는 거지? 말 등이 내 머리보다 높이 있어요!"

"그러고 보니 어렸을 때 승마가 그렇게 배우고 싶었어요. 그래서 배우게 해달라고 언니랑 같이 졸랐는데, 아빠가 비용도 많이 들고 선수가 될 것도 아니면서 배워 뭘 하느냐고 하셨죠. 또 여자애들이 그런 걸 왜 하느냐고, 그래서…."

엄마가 후회하는 듯 씁쓸하게 웃으며 말을 이었다.

"언니는 그 이후로 일주일 내내 아빠한테 말을 한 마디도 안 했어요."

"흠, 다음에, 당신 생일이나 뭐 그런 날에 내가 승마 수업 선물해 줄게요. 이대로 지나가면 아쉽잖아요."

엄마 얼굴에 미소가 떠오르고, 눈에 비친 햇빛이 반짝였다.

"할아버지는 항상 그런 식이에요. 누군가의 즐거움을 못 견디시는 것 같아요. 특히 여자들 말이에요. 여자가 남자보다 못하다고 생각하시죠."

엄마가 내게 핀잔을 줬다.

"젤리, 그런 게 아니야. 할아버지는 그냥 다른 시대 사람일
뿐이지."

"그럼 무슨 18세기 사람이라도 돼요? 사실 지금 담임 선생
님하고 나이가 같은데, 선생님은 할아버지처럼 생각하지 않아
요."

엄마 말에 대꾸하고는 레넌 아저씨를 보며 물었다.

"아저씨는 남자가 여자보다 낫다고 생각하시진 않잖아요.
그렇죠?"

아저씨가 머뭇하는 모습에 덜컥 목이 막혔다. 엄마의 남자
친구는 물론, 남자에게 이런 질문을 던진 것 자체가 처음이었
다. 나는 문득 답을 듣기가 겁이 났다.

"그럼, 그렇게 생각하진 않아."

레넌 아저씨가 천천히 말을 꺼냈다. 그러더니 말을 보고 얼
굴을 실룩이며 덧붙였다.

"그런데 어떤 일은 남자가 여자보다 잘하고, 또 어떤 일은
여자가 남자보다 잘한다고 생각해."

내가 팔짱을 꼈다.

"예를 들면요?"

"젤리…, 분위기 망치지 말자."

156

엄마가 당황한 목소리로 말했다.

"아니, 아니에요. 좋은 질문이에요. 답하기 곤란한 것도 아닌걸요. 가만있자, 잠깐만 생각 좀 정리할게."

아저씨는 잠시 동안 가만히 땅을 내려다보다가 입을 열었다.

"이를테면 여자는 슬프면 슬프다고 인정하는 걸 잘하는 편이라고 생각해. 친구에게 도와 달라고 부탁하는 것도 잘하지. 그런데 남자는 걱정거리가 생겨도 무심히 넘기는 걸 잘하는 것 같아. 그럴 때 뭐 축구 경기를 본다든지, 연주를 한다든지, 아니면… 글쎄, 달리기를 한다든지 말이야. 남자들은 한 번에 오만 가지 생각을 하지는 않거든. 여자들은 머릿속에 생각이 너무 많아서 그냥 넘어가기가 어려운 것 같아."

잠시 말을 멈추고는 덧붙였다.

"음, 내가 아는 여자들이 그렇다는 얘기지. 그러니까 모든 사람이 다 같을 수는 없잖아. 내 친구 중에는 걱정을 밥 먹듯이 하는 놈이 있긴 해. 그러면서도 불안감이 심해서 생각을 통제하기가 어렵다고 하더라."

나는 아저씨를 빤히 쳐다봤다.

"아저씨 진짜 남자 맞아요?"

내가 의심스레 묻자 아저씨가 웃음을 터뜨렸다.

"그냥 남자가 그런 말 하는 걸 들어 본 적이 없어서 그래요."

"없었어?"

아저씨가 나에게 미소 지으며 말을 이었다.

"음, 아마 남자들이 이런 말을 하는 데 서툴기 때문일 거야. 이거 봐. 여자들이 더 잘하는 게 또 하나 있잖아."

내가 엄마를 돌아보며 물었다.

"엄마는 머릿속에 생각이 너무 많은 것 같아요?"

엄마가 레넌 아저씨를 물끄러미 바라보는데 눈이 부드럽고 촉촉하게 빛났다.

"늘 그렇지."

그러고는 몸을 돌려 완전히 다른 말투로 물었다.

"근데 우리 오늘 이 도시락을 먹기는 하는 거죠?"

날마다 같은 시간, 빨간 버스 0947번이 집 앞을 지난다.

언제나 같은 사람들이 정류장에 서서 빨간 버스를 기다린다.

어느 날 나도 같이 기다리고 있었는데

버스가 도착했다.

다들 버스에 올랐다.

나는 2층에 엄마와 함께 앉았다.

뒤에서 어떤 남자의 목소리가 들렸다.

빨간 버스 이야기였는데,

내가 돌아보며 말했다.

"파란색이에요."

"아니야.

버스는 빨간색이다.

언제나 빨간색이었지.

0947번 버스는 빨간색이야.

단지 네가 제대로 보지 않았을 뿐이다."

라는 답이 돌아왔다.

나는 자리에 앉아서

바로잡아 주는 말에

얼굴이 빨개졌다.

버스에서 내리고 나서

뒤를 돌아봤다.

버스는 파란색이었다.

그날의 빨간 버스는 파란색이었다.

나는 그 남자를 찾으려 했지만 사라져 버렸다.

그래서 이겼다는 기쁨을 느낄 수가 없었다.

이 이야기를 엄마한테 해 주었더니

"그게 그렇게나 중요해?"라고 했다.

중요하다.

그 남자는 자신이 봤다고 착각한 것을

제대로 보지 못했기 때문이다.

우리는 이렇게

제대로 알지 못한 채

안다고 착각하는 경우가 있다.

19

들판에서 벤치를 찾았는데 그곳에 앉으면 움푹 팬 곳이 내려다보였다. 그런데 레넌 아저씨는 소풍이라면 바닥에 앉아야 제맛이라면서 소풍 매트(윗면은 천이고 아랫면은 방수가 되는 것)를 펼쳤다. 엄마까지 매트에 앉아 버려서 결국 벤치를 탁자로 쓰게 되었다.

레넌 아저씨가 조심스레 말을 꺼냈다.

"둘 다 어떤 음식을 좋아하는지 몰라서 필요 이상으로 많이 챙겨 왔어요."

난 기쁨을 감출 수 없었다. 치즈 샌드위치와 햄 샌드위치, 돼지고기 파이, 계란 파이, 감자칩, 막대 과자, 초콜릿 막대 과자, 컵케이크, 포도, 사과(검은 말에게 주어서 한 개가 모자랐다.), 올리브, 옥수수 순, 토마토가 있고, 커다란 물 한 병과 각각 다른 맛 탄산음료 세 캔이 있었다.

"어떻게 이 많은 걸 그 배낭에 다 넣어 왔어요?"

엄마가 음식을 하나하나 놀란 얼굴로 내려다보며 물었다.

"간신히 넣었어요."

아저씨의 말에 엄마가 웃었다. 난 옥수수 순을 먹다가 사레가 들렸다. 엄마의 웃음이 이번엔 거짓이 아니라 진짜였기 때문이다. 내가 놀라서 엄마를 빤히 쳐다봤다.

"왜 그래?"

음식은 먹고 또 먹어도 줄지 않았다. 레넌 아저씨가 기껏 준비해 왔는데 도로 가져가고 싶진 않을 것 같았다. 그러니까 난 아저씨를 돕기 위해 계속 먹는 것이다. 엄마는 평소보다 훨씬 많이 먹었고, 칼로리 얘기는 꺼내지도 않았다.

다 먹고 나서 우리는 모두 매트에 누워 하늘을 보며 구름 게임을 했다.

"용."

엄마가 구름을 가리키며 말했다.

"말도 안 돼. 그건 춤추는 코끼리예요."

레넌 아저씨가 말했다.

"아니요. 저건 욕조 안에 있는 아기예요. 저기 맨 위에 머리가 볼록 튀어나온 게 보이잖아요."

내가 목소리를 바꿔 덧붙였다.

"옹알옹알, 나 좀 봐요. 목욕하고 있어요. 에쿠, 미끄러진다. 악, 으악 안 돼. 이러다 꼴까닥하겠어…!"

진심으로 시시한 성대모사였지만, 레넌 아저씨가 웃기 시작했다. 그 소리에 나도 웃음이 나고, 이내 엄마도 킥킥거렸다. 그러다 레넌 아저씨가 기침이 터지는 통에 숨이 잘 안 쉬어져서 일어나 앉아야 했다. 엄마가 그걸 보고 걱정이 되었는지 웃음을 그쳤지만, 난 도저히 멈출 수가 없었다. 그랬더니 옆구리가 살살 아프기 시작하고, 나는 그게 또 웃겨서 계속 웃었다. 기침이 멎자 레넌 아저씨가 웃고 있는 나를 보고 또다시 웃기 시작했다. 이 상황이 얼마나 오래갔는지 모르겠다. 끝에 가서는 마치 누가 내 몸을 거꾸로 매달아서 나쁜 것을 탈탈 털어낸 기분이 들었다.

나는 잔디밭에 누워서(너무 웃는 바람에 매트에서 미끄러졌다.) 하늘을 가만히 바라봤다. 몸이 편안하고 가볍고 따뜻했다. 잔디가 자라고, 딱정벌레가 설설 기어 다니고, 해가 이글거리는 소리가 들리는 것 같았다.

레넌 아저씨가 기타를 치기 시작했다. 처음 들어 보는 노래인데, 바람에 날리는 질문과 답에 대한 내용이었다. 마음이 편해졌다. 나는 눈을 감고 노래에 몸을 실었다.

그리고 잠시 뒤, 레넌 아저씨의 목소리에 아주아주 조용하
게 목소리가 더해져서 내가 눈을 번쩍 떴다.

엄마가 노래하고 있었다.

20

"곧 있으면 중간 방학(학기 중 약 일주일간의 짧은 방학:옮긴이)이
다!"

월요일에 운동장에서 마주친 케이마가 소리쳤다. 우린 같이
춤을 추며 외쳤다.

"중간 방학! 중간 방학! 중간 방학!"

"우리 집에 놀러 올래?"

케이마가 묻더니 기대하는 목소리로 덧붙였다.

"아니면 내가 놀러 가도 좋고."

내가 미안한 마음에 얼굴을 찡그리며 말했다.

"그때 리조트에 가기로 해서 집에 없을 거야. 미안. 오래전
에 예약해 둔 거라 어쩔 수가 없어."

"아아, 안 돼. 이런 법이 어딨어. 난 일주일 내내 홀라랑 집

165

에 처박혀 있을 거란 말이야. 플리스 언니는 일을 쉴 수가 없다 그리고, 엄마는 우리가 여름에 코르푸에 휴가 여행을 가려면 돈을 절약해야 해서 이번엔 아무 데도 못 간대. 어쩌면 산비네 집에서 놀 수 있을지도 모르겠다."

나는 케이마의 기분을 풀어 주려 했다.

"왜? 사랑스러운 동생이랑 같이 있기 싫어? 네 동생 정말 귀엽잖아!"

그러고는 훌라 목소리로 말했다.

"케이마 언니, 뭐해? 케이마 언니, 나도 같이 놀아도 돼? 케이마 언니, 장난감 나한테 다 줘. 엄마가 그러라고 하셨어!"

케이마가 배꼽을 잡았다.

"그거 완전히 훌라 목소리잖아!"

그때 산비가 숨을 헉헉거리며 우리 쪽으로 달려왔다.

"아, 아직 종 안 울린 거 맞지? 나 지각한 줄 알았어!"

케이마는 아직도 웃으며 말했다.

"너도 이거 봐야 돼. 젤리, 다시 해 봐!"

내가 또 훌라 흉내를 냈다. 그랬더니 케이마가 깔깔 웃었다. 그런데 산비는 씁쓸한 웃음을 지었다.

"훌라하고 정말 똑같네. 근데, 뭐라고 해야 되지? 좀, 음⋯."

그러면서 산비가 발을 꾸물거리고 힐끔힐끔 눈치를 봤다.

"왜 그래?"

내 평소 목소리로 묻고는 다시 훌라 목소리를 냈다.

"아, 빨리, 알려 줘! 언니들은 하나같이 왜 맨날 나만 빼놓고 노냐!"

"그러니까 내 말은… 훌라가 들으면 어떡해? 정말 실망할 거야."

그 순간 덜컥 겁이 나서 제자리에서 한 바퀴 돌며 운동장을 빙 둘러봤다. 훌라는 보이지 않았다.

"여기 없는데."

나는 안심하고 떳떳하게 말했다. 만일 훌라가 있었다면 미안했을 것이다…. 하지만 없다.

"게다가 난 항상 선생님들 앞에서도 흉내 내잖아."

"음, 사실 그렇진 않아. 선생님이 오시면 흉내 내다 말고 얼굴이 새빨개지지."

"내가 언제 그랬어?"

난 웃음이 났다.

"뭐, 내가 약간은 그랬을 수도 있겠지."

"너 엄청 빨개져. 토마토처럼."

케이마가 산비의 말에 맞장구쳤다.

"우체통 같기도 해."

산비가 한마디 보탰다.

"딸기 같기도 하고."

케이마가 이렇게 말하더니 그제야 원래 하던 이야기가 떠오른 듯 말을 이었다.

"산비! 나 중간 방학에 너희 집에 놀러 가도 돼? 제발 그렇다고 해 줘. 훌라랑 붙어 있으면 나 미쳐 버릴 것 같단 말이야."

케이마가 산비 팔을 어찌나 꼭 붙잡는지 산비가 움찔했다.

"그래, 이 정신 나간 친구야! 이거 좀 놔 봐!"

이제 종이 울려 학교 건물로 들어가는데 케이마가 계속 중얼거렸다.

"고마워. 고마워. 고마워."

나는 배 속이 확 뒤틀리는 것 같았다. 내가 성대모사를 항상 하긴 하지만, 그게 못된 짓은 아니지 않나? 그냥 사람들을 따라 하는 게 나한테는 식은 죽 먹기라서 하는 것뿐이다. 자기가 하는 말과 행동, 아니면 걸음걸이, 코를 훌쩍이거나 만지작거리는 모양새를 내가 알아보는 거니까 그 사람들은 재미있어할 텐데. 문득 이런 생각이 들었다. 훌라는 장애가 있기 때문에 흉내를 내서는 안 되는 걸까? 조금씩 속이 울렁거렸다. 도덕 시간에 배우기로는 나와 다르다고 해서 그 사람을 빤히 쳐다보거나 놀리지 말아야 한다고 했다. 단지 팔이 하나뿐이라는 이유 때문에 홀라를 따라 하면 안 되는 걸까? 근데 홀라만큼 흉내 내기 쉬운 사람도 없는데….

한참 생각에 빠져서 걷다가 마셜과 부딪쳤는데, 잘못해서 마셜을 벽으로 밀치고 말았다.

"아야!"

"아, 미안해!"

마셜이 어깨를 문지르며 휙 돌아섰다.

"아이, 아파 죽겠네."

"미안하다니까. 널 못 봤어."

마셜은 입술을 삐죽거리며 날 노려봤다.

"야, 앞 좀 보고 다니지 그러냐? 무슨 탱크에 치인 줄 알았네."

그러더니 돌아서서 교실로 들어갔다.

나는 가방을 걸면서 몇 초간 뜸을 들였다. 창피함에 얼굴이 불타는 것 같았다. 탱크. 내가 다른 애들에 비해서 몸집이 크고 몸무게가 많이 나가니까….

옛말에 그런 말이 있다. '회초리와 돌멩이로 상처를 줄 수는 있어도 말로는 그럴 수 없다.' 누가 처음 한 말인지 모르지만 뭘 모르는 소리다. 회초리와 돌멩이에 맞아 생긴 멍 자국은 눈에 보이지만, 시간이 지나면 희미해지기 마련이다. 하지만 말로 받은 상처는 눈에 보이지 않고, 사라지지도 않는다.

아침 내내 몸 상태가 좋지 않았다. 무언가 속을 마구 뒤흔드는 듯한 느낌이었다. 그럼에도 연필로 우스꽝스러운 행동을 해서 몇 사람을 웃기기는 했지만, 평소와 다르게 힘이 들었다.

그리고는 쉬는 시간이 되어 화장실에 갔는데, 팬티에 짙게 얼룩이 묻어 있었다.

21

나는 얼이 빠져서 가만히 내려다봤다. 이게…? 이게 뭐지? 나 어디 아픈가? 나도 모르는 사이에 다치기라도 했나? 피 같아 보이긴 하는데 갈색빛이 돌았다.

아.

아, 아니야.

아냐, 아냐. 그럴 리가!

문득 케이마의 방에서 있었던 일이 떠올랐다. 《몸의 변화》라는 책…. 그리고 생리라는 부분.

억. 아, 이건 진짜 말도 안 돼. 팬티 탓이라도 하는 것처럼 뚫어지게 쏘아봤다. 역겹다. 이런 일이 실제로 여자에게 일어나는 일이라니 믿기지가 않는다. 피가 나온다니, 그것도 매달, 게다가 내… 왝왝 왝왝. 생각하기도 싫다! 아직 열한 살밖에 안 됐는데!

난 화가 나서 주먹으로 벽을 세게 쳤다.

"야! 왜 그래?"

옆 칸에서 소리가 들려왔다.

"미안! 미끄러졌어!"

무심코 말을 뱉었다.

온몸에 찬물을 뒤집어쓰듯 오싹한 공포가 찾아왔다. 어떻게 해야 되지? 그런 물건…도 하나 없는데. 정사각형 비닐에 포장된 것도 없고, 엄마가 쓰는 것처럼 길쭉한 막대도 없다. 만약 있었더라도 어쩔 줄을 몰랐을 것이다. 어떤 공중화장실에는 자판기가 있어서 살 수 있게 해 놓았던데, 우리 학교엔 그런 게 없다. 어차피 살 돈도 없고.

피가… 얼마나 많이… 나오려나? 이대로 놔두면 바로 치마에 번질까? 어느새 검붉은 웅덩이에 앉은 꼴이 돼 버리려나? 다들 나를 손가락질하고 비웃는 모습을 상상만 해도 끔찍해서 몸이 뻣뻣해졌다. 그러면 평생 놀림감이 되겠지.

머리가 핑 도는 것 같았다. 그 책에서는 처음이 정말 중요한 순간이라고 했다. 소녀가 여성이 되었다는 증거란다. 내가 갑자기 여성이 된 건가? 그래서 이렇게 구역질이 나는 거야?

화장실 문을 쾅쾅 두드리는 소리에 화들짝 놀랐다.

"거기 안에 괜찮은 거야?"

난 입이 떨어지지 않았다. 문밖에서 웅성대는 소리가 들려왔다.

"안에 누구야?"

"몰라. 근데 한참 동안 나올 생각을 안 해."

"똥 싸나 봐."

하나같이 킥킥댔다.

"아니면 기절했을지도 몰라. 내 동생한테 들었는데, 걔네 학교 화장실에서 여자애가 기절한 일이 있었대. 그래서 선생님이 문을 부수고 들어가서 인공호흡까지 했대."

"몇 분 전에 안에서 쿵 하는 소리가 들렸어. 아까 바로 옆 칸에 있었는데, 나 진짜 바지에 오줌 쌀 뻔했다니까."

웃음소리가 더 커졌다.

"아니, 근데 쟤 머리 부딪힌 거 아니야?"

"미끄러졌다고 했어. 그렇게 말하고 나서 기절했는지도 몰라. 근데 충격 받고 나서 좀 이따가 의식을 잃기도 하나?"

"누구 불러와야 되는 거 아니야?"

"문 아래쪽 확인해 보자. 바닥에 쓰러졌는지 보일 거야."

나는 얼른 휴지를 잡아당겨 뭉쳐서 팬티 속에 넣어 버렸다.

"화장지 풀리는 소리가 들리는데. 의식 잃은 건 아닌가 봐."

173

누군가 밖에서 말했다.

"우는 건지도 몰라. 저기, 괜찮아?"

"아까 내가 그렇게 물어봤는데 답이 없었어."

"난 따돌림 방지 위원이니까 내가 한번 얘기해 볼게. 어, 저기 있잖아 무슨 문제라도 있어?"

"도대체 내가 말한 거랑 뭐가 달라?"

"괜찮은지 물어보면 응 또는 아니라고만 대답할 수 있잖아."

"문제 있냐는 질문도 마찬가지거든."

내가 변기 물을 내리고 문을 열었다. 그러자 여자애 셋이 밀려들어 왔다.

"어! 너였구나! 괜찮아?"

그중 한 명이 물었다.

"그럼, 괜찮지! 안 괜찮을 일이 뭐 있어?"

난 어째서 그런 걸 묻느냐는 듯 말했다.

여자애들이 서로 눈길을 주고받았다.

"한참을 기다려도 안 나오니까."

"아."

입을 열면서 머리를 굴렸다.

"그게 있잖아. 갑자기 개그 콩트가 떠올라서 그거 쓰고 있었어."

"뭐라고?"

"어…."

불쑥 내뱉은 거짓말에 살을 붙이기 시작했다.

"교장 선생님하고 존스 선생님이 치과에서 만나는 이야기를 상상하던 중이었어. 교장 선생님이 방금 충치를 때우고 나와서 얼굴에 감각이 없는 거야. 그래서 겨우 이렇게 말하는 거지. '전스 선샌니, 안녀하혜여. 여기서 뵈 쯔른 모랏스미다.' 그 모습을 보고 존스 선생님이 다급히 몸을 뒤로 젖혀 버렸어. 교장 선생님 침이 줄줄 흘렀거든."

애들이 이제는 깔깔 웃었다.

내가 변기 쪽으로 손을 휘저으며 말했다.

"왜 그렇게 오래 들어가 있었냐면, 콩트할 거 상상하느라 정신이 없어서 나갈 생각을 아예 못했어."

"우리 오빠는 화장실 갈 때 꼭 휴대폰을 들고 가. 거기에 몇 시간이고 들어앉아 있어."

그렇게 애들은 다른 이야기에 열을 올렸다. 사람들이 화장실에 뭘 들고 가며, 화장실에서 가장 오래 기다렸을 때 상황이 어땠으며, 화장실에 빈칸이 없어서 헤티가 바닥에 실례한 이야기며 끝이 없었다. 나는 애들을 지나쳐서 손을 씻고 화장실을 빠져나왔다.

시간은 때로 생각보다 빠르게 흘러가기도 한다. 그러나 이번에는 정반대였다. 일 분이 한 시간은 되는 것 같다. 점심시간이 되자 나는 잽싸게 화장실로 가서 휴지 뭉치를 갈았다. 생각만큼 뭐가 많이 묻어나진 않았다. 그래서 다행이기는 해도 전혀 안심이 되지는 않았다. 게다가 살에 닿는 휴지가 불편해서 꼼지락거릴 수밖에 없었다.

한 번쯤은 그럴 때가 있지 않나? 정말 상황에 안 맞는 말을 이상하게 내지르고 싶을 때. 예를 들면 조회 시간에 다들 숨죽이고 있어야 하는데, 다짜고짜 '북실북실 바지!' 같은 말을 외치고 싶어지는 것이다. 저질러 버리면 0.5초 동안은 기분이 째지겠지만, 그 후에는 바로 얼굴이 새빨개지고 또 호되게 혼날 테니까 그 말을 꾹꾹 삼켜야만 하는 거지.

말하자면 그런 기분이었다. 오후 내내 '밑에서 피가 나!'라고 빽 소리치고 싶었지만 안간힘을 다해 참았다. 그래도 나는 가만있지 못하는 성격이어서, 소리를 지르지 않는 대신 엄청나게 유치하고 약 오르는 행동을 계속했다. 바보 같다는 걸 알면서도 멈출 수가 없다. 조용히 앉아 있다가는 내 입에서 그 말이 분수처럼 왈칵 쏟아져 나올 것 같았기 때문이다. 그러면 전부 코를 틀어막으며 역겹다는 표정으로 나를 빤히 쳐다볼 것이고, 결국 난 바닥에 주저앉아 펑펑 울 테고, 다시는 학교에

올 수 없는 지경이 되겠지.

"안젤리카, 조용히 좀 하세요."

담임 선생님이 한두 번 말한 것은 아니었지만 난 어쩔 수가 없었다. 그러자 선생님이 눈살을 찌푸리면서 칠판에 표시를 하기 시작했다. 선생님이 나에게 말을 걸 때마다 내 이름 옆 칸이 채워졌다.

"어디 한번 다섯 칸까지 채워 보세요. 그럼 쉬는 시간도 없을 줄 알아요."

선생님이 주의를 주었다.

가까스로 네 칸만 채우고 수업이 모두 끝났다. 종이 울리는 소리에 나는 나사가 빠진 사람처럼 웃어 대기 시작했다. 여태 아무도 모른다! 다들 생각도 못했다고! 나는 복도로 나가 케이마와 산비 앞에서 '치과에 간 교장 선생님'의 훨씬 웃긴 버전을 보여 주었다. 그랬더니 배꼽이 빠질 것처럼 웃었다.

"진짜 끝내주는데. 너 슈퍼스타킹에 나가서 그거 해야겠다."

케이마가 눈을 쓱 비비며 말했다.

"그럴까?"

"글쎄…."

산비가 언제나처럼 조심스럽게 말을 이었다.

"교장 선생님이 보시는 앞에서 선생님을 놀리는 건 좋은 생각이 아닌 것 같아…."

"그럼 좀 바꾸지 뭐. 치과 얘기를 더 많이 하는 거야. 아, 알
았다! 담임 선생님이 치과의사가 되면 어때? 그래서 교장 선
생님이 담임 선생님을 보고 엄청 깜짝 놀라는 거야. 담임 선생
님은 이 일이 부업이라고 말하는 거지. 다들 알다시피 교사는
벌이가 시원찮으니까 치과에서 아르바이트를 하는 거라고. 그
러면 교장 선생님이 물어봐. '자격은 있으십니까?' 담임 선생
님은 이렇게 답하지. '4일 과정을 마쳤는데 드릴 다루는 실력
이 굉장하답니다.' 그 말을 듣고 교장 선생님이 풀썩 쓰러지는
거야!"

산비가 눈을 반짝이며 내 말에 고개를 끄덕였다.

"그거 진짜 웃기겠다. 아까보다 훨씬 나아!"

"좋아!"

난 그대로 가방을 가지러 갔다.

"어, 잠깐만."

산비가 허리를 굽히며 날 불러 세웠다.

"네 치마에 뭐가 묻었나…. 악! 이게 뭐지?"

누가 내 몸에 얼음물을 끼얹은 느낌이었다. 난 치마를 끌어
당기며 몸을 틀어서 산비의 손을 피했다.

"아, 아무것도 아냐. 아까 의자에 초콜릿이 있는 줄 모르고

178

앉아 버려서 그래. 나 이제 엄마한테 죽었다."

거짓말을 했다.

"이런."

산비는 더 이상 치마에 관심을 두지 않았다.

"내일 아침에 보자."

"응."

나는 둘에게 손을 흔들고서 치마 뒤쪽이 보이지 않도록 카디건을 조심스레 허리에 묶었다. 그러고는 달달 떨며 집으로 갔다. 엄마가 도와줄 거다. 엄마한테는 다 얘기할 수 있어.

그런데 현관문을 열고 거실로 가 가방을 내팽개쳤을 때 일인용 소파에 앉아서 기타를 치는 사람은, 레넌 아저씨였다.

22

"젤리, 왔어? 오늘은 뭐 새로운 일 있었어?"

레넌 아저씨가 웃으며 물었다.

"그게 무슨 뜻이에요? 새로운 일 같은 거 없어요."

내가 날카롭게 반응했다.

아저씨가 놀란 눈치였다.

"아, 미안. 별다른 의미는 없었어. 사람들이 '학교는 어땠어?'라고 물으면 싫지 않아? 그래서 그냥 좀 다르게 물어보려 했던 거야."

"엄마는 어딨어요?"

내가 퉁명스레 물었다.

아저씨는 고갯짓으로 복도 쪽을 가리키며 답했다.

"방에서 문 닫고 통화 중이야. 본사에 일이 좀 생겼나 봐. 그게 좋은 일인지 나쁜 일인지는 아직 모르겠지만 분위기가 심각해. 벌써 들어간 지 15분이 지났네."

그러고는 눈살을 살짝 찌푸렸다.

"근데 너 괜찮아? 왠지 불편해 보이는데. 무슨 일이라도 있었어?"

뭘 어떻게 해야 좋을지 모르겠다. 확실히 이상한 일이 지금 나한테 벌어지고 있었다. 아저씨를 빤히 쳐다보다가 순간 열이 나고 으슬으슬 춥고 눈앞이 흐릿해졌다. 속도 메슥거렸다. 그러다 시야의 둘레가 어두워지기 시작했다.

레넌 아저씨가 벌떡 일어났다.

"젤리, 여기 앉아 봐. 일단 좀…."

그다음에는 뭐라고 하는지 들리지가 않았다.

눈을 떴을 때는 바닥이었다. 정말 이상하다. 내가 왜 바닥에 있지?

레넌 아저씨가 내 옆에서 책상다리를 하고 앉아 있었다.

"일어났네! 너 아까 쓰러졌던 거 알아?"

"네?"

아직도 눈이 침침하고, 몸이 무겁고, 잠이 쏟아졌다. 조금도 움직이기가 싫었다.

"네가 잠깐 정신을 잃었어. 내가 전에 사귀던 여자 친구가 자주 쓰러졌거든. 그래서 보자마자 알아차렸지. 이제 괜찮은 것 같으니까 걱정 마. 다행히 부딪히지도 않았고. 참 얌전히 쓰러졌어. 오늘 점심은 먹은 거야? 예전 여자 친구는 너무 적게 먹으면 쓰러지더라고."

"저…."

퍼뜩 떠오르지가 않았다.

"점심 먹었어요."

뭘 먹었는지 기억이 안 나지만 확실히 먹기는 했다. 점심이야 항상 먹으니까.

"잘했네. 시간이 좀 지나면 마음이 편해질 거야. 아, 괜찮아. 바닥에 계속 누워 있어도 돼."

갑자기 내 꼴이 너무 우습게 느껴져서 몸을 일으켜 앉았다.

"뭐든 너무 급하게 하지 마. 그러다가 또 쓰러질지도 몰라."

"다시 쓰러질 리는 없어요. 여태껏 한 번도 쓰러져 본 적이 없었거든요."

기절하고 보니 상상한 것과는 기분이 전혀 달랐다.

"이제 너희 엄마 좀 불러올게. 아까 너 정신 잃었을 때는 자리를 비울 수가 없더라고."

레넌 아저씨가 긴 다리를 펴며 말했다.

"아니, 아니요. 엄마가 아시면 괜히 걱정하실 거예요."

엄마는 누가 아픈 상황을 잘 견디지 못한다. 그리고 갈수록 크게 걱정하고 조바심을 낸다. 난 지금 당장은 마음을 졸이고 싶지 않았다.

"엄마 바쁘실 텐데 그냥 두세요. 저 괜찮아요. 좀 이따가 제가 엄마한테 얘기할게요."

아저씨가 고개를 갸웃했다.

"정말 괜찮아? 너 아직도 얼굴이 조금 창백해."

"잠깐 여기에 좀 앉아 있을게요."

다리를 조금씩 꿈틀거려서 아까보다 편한 자세로 앉았다.

"근데 네 치마에 뭐가 묻었나 본데."

레넌 아저씨의 말에 난 그대로 굳어 버렸다.

이건 아마 내가 겪은 창피함 중에서도 최악일지 모른다. 어떻게 해야 될지 모르겠다.

"초콜릿이에요."

불쑥 튀어나온 말이었다.

다짜고짜 날 선 반응에 아저씨의 눈썹이 올라갔다.

"아."

아저씨가 이 말만 내뱉고는 잠시 정적이 흘렀다. 나는 시선을 카펫에 둔 채 얼굴이 벌겋게 불타올랐다. 한참이 지나서야 레넌 아저씨가 상냥하게 물었다.

183

"젤리, 화장실에 다녀올래?"

"네."

나는 삼킬 뻔한 말을 토해 내고 일어나 비틀거리며 화장실로 갔다.

치마와 속옷을 욕조에 아무렇게나 던졌다. 이걸 어떻게 해야 하는지는 엄마가 알려 줄 테니까. 곧바로 장 속을 뒤져서 정사각형 비닐로 포장된 것을 하나 꺼냈다. 그러고는 대형 타월을 허리에 두르고 허둥지둥 내 방으로 왔다. 깨끗이 빨아 놓은 팬티를 찾아 생리대 붙이기를 시도했다. 생각보다 훨씬 어려웠다. 하는 수 없이 자꾸만 떼어 냈다 붙였다 반복하다가 실수로 붙여 버렸다…, 내…, 어…, 거기에. 아파서 꽥 소리가 절로 나왔다. 이런 걸 왜 학교에서 안 가르쳐 주는 거지? 앞으로 연습을 많이 해야 적응이 될 것 같다.

옷도 입고 정리도 마쳤을 즈음 속이 답답하고 기운이 하나도 없었다. 이러다가 쓰러진 거였나? 그래서 아침 내내 배 속이 이상하게 아팠나?

나는 엄마 방문 앞에 서서 망설였다. 엄마는 아직도 통화 중이다. 문 너머에서 말소리가 띄엄띄엄 들려왔다.

"… 무슨 말인지 이해는 되지만 정당한 처사라고 볼 순 없잖아. 내 말은… 새로 온 사람이 남고, 오래된 사람이 나가는 게…. 이대로 얼마나 있으면 우리까지 위험해지는 거지? 캐스, 나도 모르겠어. 어쩌면 지금이 기회일지 몰라…. 응, 나도 마찬가지야. 근데 또 그렇게 간단한 문제는 아니니까. 애 돌보면서 할 수 있는 일 찾는 게 쉽지는 않잖아."

문손잡이에 얹었던 손을 내려놓았다. 이건 방해해도 될 만한 상황이 아니다. 목소리만으로 엄마가 예민해졌다는 걸 알 수 있었다.

"젤리?"

레넌 아저씨가 복도 끝으로 와서 빈 컵을 흔들어 보였다.

"핫초콜릿 마실래?"

내가 웃으며 답했다.

"지금 바깥은 20도쯤 될걸요?"

"그게 뭐 중요한가? 여자들은 한 달에 한 번 핫초콜릿 같은 걸 마셔 줘야 한대. 진짜 초콜릿도 곁들이면 더 좋겠지. 먹고 싶다면 아이스크림도 괜찮고. 내가 주변에서 들은 바로는 그래. 넌 셋 중에 어떤 게 먹고 싶어? 아이스크림 먹을 날씨이긴 하다."

나는 평소에 아이스크림을 자주 먹는 편이 아닌데 오늘은 정말 맛있을 것 같다. 우리는 냉동실을 뒤적여서 캐러멜 아이스크림 한 통을 찾아냈다. 레넌 아저씨가 숟가락 하나와 아이

185

스크림을 통째로 건네며 말했다.

"이대로 먹어야 제맛이지. 여자로 살아서 불편한 점도 투덜대면서 말야. 온찜질도 할래?"

난 웃음을 참을 수가 없었다.

"지금 여름이에요."

아저씨가 고개를 휘저었다.

"꼭 해야 된단 소리는 한 적 없잖아."

그러고는 싱긋 웃으며 내 옆자리에 앉았다.

"이 기간에는 주로 뭐 하면서 보내?"

나는 딱딱한 아이스크림을 먹기 시작했다.

"이번이 처음이에요."

"말도 안 돼! 저런. 그래서 귀신이라도 본 것처럼 얼굴이 질려 있던 거구나. 좀 놀랐어?"

난 눈을 마주치지 못한 채 고개만 끄덕였다.

"학교에서 시작한 거 맞지?"

"네, 오늘 아침에요. 아무한테도 말 안 했어요."

"너 그거 전부 다 먹어도 되겠다."

아저씨가 다정한 목소리로 말해 주어서 또 웃음이 났다.

"맞다, 오늘 물어볼 생각이었는데 하모니카 좀 다시 가져가도 될까? 다음 주 공연에서 몇 곡 연주하는 데 써야 하거든.

괜찮지?"

"아. 그럼요, 당연하죠."

"공연 끝나면 다시 빌려 가도 돼. 필요하다면 말이지."

"알겠어요."

아저씨가 무언가 궁금해하는 눈빛으로 나를 쳐다봤다.

"젤리, 지금부터 하는 말, 오해하지 말고 들어 봐. 음…, 무슨 일 있어? 그러니까 오늘 일 아니더라도, 무슨 걱정이라도 있는 거야?"

나는 숟가락에 묻은 아이스크림을 싹싹 핥아먹었다.

"어…, 아니요…."

"왜 이런 얘기를 하냐면… 지난번에 네가 시를 쓴다고 했잖아. 그래서 궁금했어. 전에 말했듯이 내가 사람들한테 못 한 말을 음악으로 표현하니까. 너는…, 네가… 다른 사람에게 하고 싶은데 못 하는 말이 있는 거야? 혹시 사람들과 어울리려고 너를 꾸며 내거나 하지는 않아?"

나는 아이스크림 통을 멍하니 바라봤다. 그냥 웃어넘기면서 난 괜찮다고 말하고, 농담을 던지고, 심지어는 이렇게 진지한 아저씨를 흉내 내고 싶었다.

그런데 이 중에서 아무것도 할 수가 없었다. 그래서 자리에서 일어나서 내 방으로 가 베개 밑에 있는 핑크색 공책을 꺼냈다. 그걸 들고 다시 돌아가 식탁에 놓았다.

"휴, 내가 한 말에 기분 상한 줄 알았어. 이야, 여기에 직접 시를 쓴 거야?"

내가 끄덕였다.

"정말 이거 내가 봐도 괜찮겠어? 너도 알겠지만 나한테 꼭 보여 주지 않아도 돼."

나는 어깨를 들썩하고 자리에 앉았다. 왠지 말하는 법을 잊어버린 사람처럼 굴었다.

아저씨가 공책을 집어 들고 책장을 휙휙 넘기기 시작했다. 시를 읽는지 눈동자가 양옆으로 왔다 갔다 움직였다. 얼굴에는 다양한 표정이 스쳐갔다. 아저씨가 내 속마음을 읽는 동안 나는 그 모습을 지켜봤다.

"우아. 젤리, 이 시들 진심으로 좋은데."

아저씨가 몇 장을 읽다가 말문을 열었다.

내가 어떤 반응을 예상했는지 모르겠지만, 확실히 그 말은 아니었다.

"정말 좋아. 말을 다루는 재주가 있네. 여기 이거, 거짓말 뒤에 숨는 내용 있잖아. '이게 나일까? 이게 너일까?'로 시작하는 거. 제대로 리듬을 띠고 있어. 음악적으로 말이지. 그래서 말인데…."

아저씨가 잠시 멈칫하고는 다시 숨을 들이쉬며 말했다.

"그래서 말인데, 혹시 괜찮다면… 이 시 좀 빌릴 수 있을까? 그냥 뭐랄까…, 이게 나한테 노래를 들려준다고 해야 하나. 이걸로 곡을 쓰고 싶어졌어."

나는 입이 떡 벌어졌다.

"정말요?"

"진짜 대단해. 가사를 쓰기가 상당히 어렵거든. 노래를 만들면 난 가사 쓰는 데 시간이 제일 오래 걸려. 그런데 넌, 넌 그냥 숨 쉬듯 자연스럽게 나오는 것 같아. 스며 나오는 거지. 시가 꽤 많아 보이는데 쓴 지는 얼마나 됐어?"

"음…, 글쎄요, 작년 크리스마스에 이 공책을 선물 받았어요."

"그럼 6개월 동안 이걸 다 썼단 말이야?"

아저씨가 믿기지 않는 듯 고개를 저으며 책장을 넘겼다.

"굉장하다. 시가 이렇게 많은데. 너 매일 쓰는구나!"

"매일까지는 아니고요."

아저씨가 마음에 든 시를 다시 펼쳤다.

"네 생각은 어때?"

"공책을 빌려 달라는 얘기 맞죠?"

내가 자신 없이 물었다. 나는 공책이 필요하다.

"아, 아니."

아저씨가 재빨리 답했다.

"그냥 사진만 찍으면 돼. 물론 너만 괜찮다면."

난 마음이 너무 복잡해서 어찌해야 할지 알 수 없었지만, 어깨를 으쓱이고는 말했다.

"음, 괜찮을 거 같아요. 찍으세요."

아저씨가 휴대폰을 꺼내 그 시의 사진을 찍었다. 그러고는 공책을 덮어 내 쪽으로 쓱 밀어 주었다.

"나한테 보여 줘서 고마워. 솔직히 진짜 기분 좋다."

그때 엄마의 방문이 열리는 소리가 들렸고, 그 순간 난 공책을 낚아채서 엉덩이 밑에 깔고 앉아 버렸다.

"뜻대로 하게 둘 수도 없고…."

엄마가 못마땅한 목소리로 말하다가 나를 발견했다.

"어, 우리 젤리 왔구나. 미안해. 갑자기 일이 좀 생겨서 정신이 없었어."

그러면서 나를 안아 주는데 처음 맡아 보는 향수 냄새가 났다. 꽃향기와 함께 새콤하게 톡 쏘는 향이 풍겼다.

"회사에서 판매 대리인 수를 줄일 예정이라 남는 사람들이 더 많은 지역을 담당하게 됐어요. 고객이 늘 테니까 나야 좋은 일이지만, 메이지가 대리인으로 계약한 지 한 달밖에 안 지났

는데 판매 자격이 취소됐대요. 그래서 펑펑 우는데 참 안됐어
요. 나까지 기분이 안 좋아지네."

엄마가 숨을 돌리더니 덧붙여 말했다.

"녹차 좀 마셔야겠다."

레넌 아저씨가 일어났다.

"내가 끓여 줄게요. 젤리가 할 말이 있대요."

나는 깜짝 놀라 눈이 휘둥그레졌다. 설마 아저씨가 시 얘기
를 하는 건 아니겠지? 그게 비밀인 줄 모르는 거면 어떡해!

"오늘 학교에서 일이 있었대요."

아저씨가 안심하라는 듯 슬쩍 윙크를 하며 덧붙였다.

나는 안도하며 또 한숨을 내쉬었다.

엄마가 식탁에 앉으며 물었다.

"일이 있었다고? 너 괜찮은 거야?"

그러더니 엄마는 이제야 눈치챈 듯 통을 내려다보며 물었다.

"아이스크림 먹고 있었어?"

"저 오늘 생리 시작했어요."

그 단어가 퍽이나 쉽게 입에서 나왔다. 별것 아니라서 언제
든 누구한테나 말해도 아무 상관이 없는 것처럼.

엄마가 내 말에 헉 하고 숨을 들이쉬었다.

"어머, 세상에! 정말이야? 아, 우리 귀여운 젤리가!"

191

엄마가 벌떡 일어나 두 팔로 날 감싸 안았다.

'우리 귀여운 젤리'라니. 웃음이 나기도 하면서 동시에 토하는 시늉을 하고 싶기도 했다. 그래도 이렇게 안아 주니까 좋아서 나도 엄마를 안아 주었다. 새 향수 냄새가 코끝을 간질여 재채기가 날 뻔했다.

"믿어지지가 않아!"

엄마가 내 머리칼을 쓸며 얼굴을 감싸 쥐고 눈을 마주쳤다.

"우리 귀여운 젤리가 다 컸구나!"

그러고는 눈물을 글썽이며 물었다.

"괜찮은 거지? 학교에서 이것저것 알려 줬어?"

"어…, 전혀요. 그냥 제가… 음…, 휴지로 해결했어요."

엄마가 눈물을 머금은 채 웃었다.

"어쩜 그런 것까지 나랑 똑같아!"

그러다가 문간에 서 있던 아저씨가 눈에 들어왔는지 갑자기 얼굴을 붉혔다.

"아이고, 이런. 여자끼리 하는 얘기는 듣기 좀 불편하죠?"

"괜찮아요."

"아이스크림도 아저씨가 저더러 먹으라고 주셨어요."

"아, 정말요?"

엄마가 아저씨를 지그시 바라보며 말을 이었다.

"그렇게까지… 생각해 줘서 정말 고마워요."

"제가 핫초콜릿도 마실 거냐, 온찜질도 할 거냐고 물었는데 그건 거절당했어요."

엄마가 약간 놀란 듯한 얼굴로 웃었다.

"이런 얘기가 낯설지 않은 남자를 드디어 만난 것 같네요."

"그리고 아까 젤리가 잠깐 쓰러졌어요. 집에 도착한 지 얼마 안 됐을 때요."

"뭐라고요?"

엄마가 내 쪽으로 몸을 돌려서는 곧바로 눈을 들여다보고 이마를 짚고, 한마디로 말해 누가 아플 때 하는 행동을 빠짐없이 했다.

"쓰러졌다고? 레넌, 그때 와서 날 부르지 그랬어요."

"잠시라도 젤리를 혼자 둘 수가 없었어요."

"아. 아, 그럴 수밖에 없었겠네요….."

엄마가 이제는 나를 보며 눈살을 찌푸렸다.

"이제는 좀 어때?"

"괜찮아요."

그러고는 목소리를 낮춰서 덧붙였다.

"입었던 옷은 욕조에 놔뒀어요. 어떻게 해야 될지 몰라서요."

엄마가 웃음 띤 얼굴로 말했다.

"물에 담가 놔야겠다. 걱정 마. 엄마가 정리해 줄 테니까. 근데 필요한 건 찾았고?"

"네, 엄마 거 하나 꺼내 썼어요."

엄마는 나를 꽉 끌어안았다. 힘이 얼마나 강한지 앓는 소리가 날 뻔했다. 그리고 엄마가 정수리에 입을 맞춰 주었다.

"우리 딸 다 컸네! 나도 부쩍 나이 든 기분인걸!"

그러고는 화장실로 향했다.

변화

삶은 길게 뻗은 직선 하나에

사건이 일어날 때마다

칸막이 여러 개로 나뉘지는 것

그렇게 생활 방식이 깔끔하게 달라진다

어제가 바로 그런 날

이제 많은 것이 달라졌다

다시 돌아갈 수 없다

오늘부터 새로운 선을

그려 나간다

이 선이 또 한 번

싹둑 잘릴 때까지

그러면 내일이 또 하나 찾아올 테고

어제는 고스란히 남겠지

23

중간 방학 동안 리조트에서 정말 즐겁게 보냈다. 서핑부터 유리공예, 양궁까지 즐길 거리가 많았다. 그중에서도 으뜸은 매일 저녁 뷔페에서 온갖 종류의 음식을 마음껏 먹을 수 있다는 거였다. 피자며 카레며 찜 요리, 구이 요리, 치킨 너깃, 파스타…. 그리고 날마다 낮이면 수영하고 뛰어다니고 춤추고, 저녁이면 접시에 좋아하는 음식을 한가득 담았다. 엄마는 훈제 고등어와 퀴노아, 루꼴라를 먹으며 와인 한 잔을 마셨다. 우리는 더없이 행복했다. 둘 다 레넌 아저씨가 정말 보고 싶어서 영상 통화를 몇 번 했는데, 아저씨가 작업 중인 새 노래를 엄마에게 보내 주었다.

내가 쓴 시에 맞는 노래도 작업을 시작한 걸까 궁금했지만, 그런 말은 꺼낼 수가 없었다. 그랬다가는 엄마가 시에 대해 이것저것 물을 텐데, 아직도 난 알려 주고 싶지가 않았다. 레넌 아저씨에게 공책을 보여 주는 것은 엄마에게 보여 주는 것과 왠지 모르게 달랐다. 걱정이 덜 된다고 해야 하나.

리조트에서 좋았던 점이 또 하나 있다. 돌아다니는 사람들의 몸집이 참 다양하고, 꽤 덩치 큰 사람도 많았다. 그곳에서 나는 뚱뚱한 축에도 못 들었다. 오히려 날씬하게 느껴질 정도였다. 온 식구가 정말 뚱뚱한 가족도 있었는데, 몸이 크든 작든 그런 것은 전혀 신경 쓰지 않고 모두 즐거워 보였다.

나는 케리스라는 친구도 사귀었다. 케리스는 곱슬머리에 미소 이모티콘처럼 얼굴이 동그랗고 자주 웃는 편이다. 그리고 나와 몸집이 똑같다. 어느 날 저녁 디스코를 추는 시간에 옷을 서로 바꿔 입기로 했는데, 그 친구의 옷이 나에게 꼭 맞았다. 우리는 그렇게 한 시간 동안 쉬지도 않고 춤을 추고, 각자 엄마에게 사 달라고 졸라서 레모네이드와 팝콘, 사탕 같은 군것질거리를 먹었다. 정말 이렇게 행복한 적이 언제 있었나 싶을 만큼 즐거웠다.

그곳에서 5일을 지냈는데, 그 많은 시간 동안 단 한 번도 공책을 꺼내어 시를 쓴 적은 없었다.

중간 방학이 끝나기 전, 토요일 오후에 레넌 아저씨가 찾아왔다. 밖에서 엄마와 함께 저녁 식사를 하기 위해서였는데, 기타를 가져왔다. 아저씨는 나를 보고 찡긋 윙크를 했다. 난 한껏 신이 나면서도 동시에 겁이 났다. 아저씨가 그 노래를 들려주려면 엄마가 자리를 비워야 하는데 어떡하면 좋지?

레넌 아저씨가 나름대로 결정을 내렸다.

"둘에게 들려줄 노래가 또 한 곡 생겼어요."

아저씨가 기타 가방을 열며 말하자 엄마가 물었다.

"또 한 곡이요? 그동안 정말 바쁘게 지냈나 봐요!"

"이건 좀 달라요. 한번 들어 보고 어떻게 생각하는지 알려 줘요."

아저씨가 기타를 조율한 뒤 잠시 멈추고 지판에 손가락을 올려 두었을 때, 내 손에서 식은땀이 났다. 이내 아저씨가 연주를 시작하고, 잔잔한 멜로디가 흘렀다….

이게 나일까? 이게 너일까?
이게 최선의 모습일까?
거짓투성이 뒤에 숨어서
내 눈 속이 안 보이길 바라며
우스개 부려 광대가 돼
우울함은 볼 수 없게

198

걱정은 마음 깊이 묶어 두고
내 눈물은 모르게

얼굴은 행복하니까
텅 빈 맘은 숨긴 채
그래, 얼굴은 행복해

그래도 미소 너머를 보게 되면
그때도 있어 줄래?
그래도 친구가 되어 줄래?
날 생각해 줄래?
얼굴은 행복하니까
텅 빈 맘은 숨긴 채

삶은 언제나 즐거워
입버릇처럼 말하지
어떤 말도 상처 되지 않아
이게 바로 나야

얼굴은 행복하니까

텅 빈 맘은 숨긴 채
그래, 얼굴은 행복해

그래도 미소 너머를 보게 되면
그때도 있어 줄래?
그래도 친구가 되어 줄래?
날 생각해 줄래?
얼굴은 행복하니까
텅 빈 맘은 숨긴 채

그리고 미소 너머를 보게 되면
그때도 있어 줄래?
그래도 친구가 되어 줄래?
날 생각해 줄래?
얼굴은 행복하니까
텅 빈 맘은 숨긴 채
그래, 얼굴은 행복해
텅 빈 맘은 숨긴 채
다들 손가락질하는
수치로 남아서

미소는 그대로 건 채

행복한 얼굴 기억해 줘….

　나는 넋을 잃고 들었다. 아저씨는 내가 쓴 구절의 순서를 바꾸고 살을 붙여서 더 길게, 노래의 구조에 맞게 다듬었다. 후렴이 다시 시작되기 전에 잠시 콧노래를 흥얼거리는 부분이 있었다. 그 부분의 멜로디가 가사에 숨겨진 의미와 정말 딱 들어맞는 것 같았다. 서글프고 우울하면서도 때로는 약간 밝은 듯한 느낌이 들었다. 꼭 자신을 속이는 것처럼.

　마지막 음이 서서히 잦아드는데도 입은 떨어지지 않았다. 레넌 아저씨가 머리를 들어 내 눈을 보고는 고개를 한쪽으로 젖혔다. 노래가 괜찮냐고 묻는 것 같았다. 나는 웃는 표정을 짓고 싶었지만 고개를 힘주어 끄덕일 수밖에 없었다.

　엄마가 훌쩍이는 소리가 났다. 가만 보니 눈물을 흘리고 있었다.

　"아, 어떡하면 좋아."

　엄마는 마스카라가 번지지 않게 눈물을 찍어 내려고 했다.

　"정말 슬프네요. 가사를 너무 아름답게 쓴 거 아니에요?"

　"사실 이 가사는 내가 쓴 게 아니에요. 그게… 저…, 친구가 써 줬어요."

"그럼 그 친구를 정말 꼭 안아 주고 싶어요."

그러고는 엄마가 마음이 벅차는 듯 웃었다. 재미있거나 씁쓸할 때의 웃음과는 달랐다.

"누군가의 포옹이 필요한 것처럼 들렸거든요."

나는 입을 앙다물었다. 그게 나예요. 말하고 싶었다. 내가 썼어요. 내가 바로 속마음과 달리 뭐든 아무렇지 않은 척하는 사람이다. 나는 사람들이 외모로 나를 판단하는 게 싫다. 그걸 누구에게도 말할 수 없다는 사실이 싫다. 또 다른 나 자신을 만들어 놓고, 진심을 드러내기 두렵다는 이유로 거기서 벗어나지 못한다는 사실이 무엇보다 싫다.

하지만 입 밖으로 꺼낼 수가 없다. 엄마에게조차.

레넌 아저씨는 안다. 아저씨를 믿길 잘했다. 비밀을 지켜 줄 테니까.

"노래가 아름다워요."

드디어 목이 풀려서 내가 입을 열었다.

"근데 중간에 거기 있잖아 내가 흥얼거렸던 부분. 거기서 하모니카를 연주하면 정말 잘 어울릴 것 같아. 네가 한번 배워 보면 어때?"

내 노래를 직접 연주할 수 있다니. 정말이지… 너무 엄청나서 기가 막힐 지경이다.

"좋아요."

내가 환히 웃으며 답했다.

"좋아. 내가 뭘 좀 가져왔거든."

아저씨가 가방에서 작은 상자를 꺼내 들었다. 난 거기에 뭐가 들었는지 짐작이 갔다. 아저씨가 상자를 건네며 덧붙였다.

"너희 엄마에게 물어봤어. 너한테 선물을 줘도 괜찮겠냐고 말이야. 대단히 고급스러운 건 아니지만, 다루는 데 문제는 없을 거야."

지난 몇 해 동안 나는 다양한 선물을 받아 보았다. 엄마가 사 주는 건 보통 화장품이나 옷, 핸드백, 신발이다. 아니면 귀여운 티셔츠나 예쁜 치마, 반짝이는 운동화 같은 것이다. 할머니, 할아버지는 항상 책을 주는데, 온통 옛날이야기뿐이라서 눈길이 가는 책은 한 권도 없다. 이모는 주로 주변에서 받은 무료 샘플을 택배로 보내 준다.

그런데 이건 악기다. 여태껏 이런 선물을 준 사람은 아무도 없었다.

내가 상자를 열어 얼떨떨한 눈으로 빛나는 은색 물건을 바라보았다. 레넌 아저씨가 빌려 줬던 것보다 훨씬 광이 났다. 아마도 아저씨의 하모니카는 꽤 오래되었나 보다.

"네 것이 따로 있으면 좋겠다 싶었어. 그럼 매번 빌릴 필요가 없을 테니까."

"고맙습니다, 해야지."

엄마가 팔꿈치로 내 옆구리를 꾹 찔렀다.

"고맙습니다."

나는 하모니카가 자그만 강아지라도 되는 양 쓰다듬으며 말했다.

아저씨가 미소 지었다.

"대단한 것도 아닌데 뭘. 자, 이제 아까 그 노래 중간 부분 가르쳐 줄까?"

엄마와 레넌 아저씨가 나를 두고 저녁을 먹으러 나갔어도 마음이 쓰이지 않았다. 로지 언니가 우리 집에 와서 언제나처럼 소파에 폴싹 앉아 휴대폰 화면에 대고 엄지손가락을 마구 휘저어도 상관없었다. 솔직히 혼자 방에서 시간을 보낼 수 있게 되어 참 다행이다. 음…, 오늘 일을 하나하나 곱씹어 볼 수 있으니까. 내가 쓴 시가 노래가 되었다. 그건…, 그건 정말 어마어마한 일이다. 공책을 펼쳤는데, 이번만큼은 어떻게 시작해야 할지 모르겠다.

시를 쓰는 대신 하모니카를 집어 들었다. 입에 닿는 느낌이 지난번 것과는 달랐다. 음색도 달랐다. 이게 조금 더 앙증맞다고 해야 하나.

내 노래 중간 부분의 멜로디를 연습했다. 내 노래. 지금까지 누가 나에게 노래를 써 준 적은 한 번도 없었다. 노래를 다시 들어 보고 싶은데 아까는 미처 녹음할 생각을 못 했다. 어처구니가 없다. 레넌 아저씨에게 부탁할걸. 이따가 집에 돌아오면 얘기해 봐야겠다…. 아냐, 시간이 너무 늦겠구나. 그럼 안 되겠다.

나는 로지 언니에게 이제 자겠다고 말할 생각으로 거실에 나갔다. 소파 위로 언니의 뒤통수가 보이는데, 그것만 봐도 알 것 같다. 언니는 지금 이어폰을 끼고서 메시지를 보내거나 사진을 보정하거나 뭐든 휴대폰에 열심이겠지. 굳이 방해하고 싶지 않아서 그냥 다시 방으로 들어왔다.

공책을 꺼내 아까 그 노래의 원래 시가 있는 쪽을 펼쳤다. 그러고 보니 레넌 아저씨가 노래에 제목을 붙였는지 모르겠다. 머릿속으로 노래를 흥얼거리며 아저씨가 쓴 가사를 떠올리려 했다. 가사 좀 적어 달라고 부탁할걸. 내일 아침에 엄마 보면 부탁해야지.

침대에 누워 천장을 바라봤다. 평소에는 그다지 좋은 기분으로 잠든 기억이 없다. 그날 하루 동안 내가 했던 말, 학교에서 누군가 지나가는 말로 던진 한마디, 이미 배가 찼는데도 찬

장에서 괜히 꺼내 먹었다 싶은 트윅스…. 부정적인 감정이 죄다 엉겨 붙어서 걸쭉한 수프가 되어 버리면 결국 아무에게도 말 못 한 채 지쳐서 잠이 든다.

하지만 오늘 밤은 머리와 가슴에 남은 노래를 떠올리다가 잠이 들었다.

24

슈퍼스타킹 오디션에서 열정을 불태웠다! 예선은 교실에서
하게 되어 반 친구들만 볼 수 있었다. 그래도 내가 뽑히기 위
해서는 모두의 마음을 사로잡아야 했다. 각 반에서 표를 가장
많이 받은 두 조만 본선에 오르기 때문이다. 아드레날린이 몸
속을 휘돌고 난 어느 때보다도 신경이 날카로워져서 우스꽝스
럽게 행동했다.

새로 생각한 소재, 교장 선생님이 치과에 가는 내용을 열심
히 연습했다. 반응이 폭발적이었다! 다들 소리 내어 웃었다.
월 마츠나가는 자리에 앉아 정신없이 웃다가 몸을 못 가누고
고꾸라지기까지 했다. 내가 담임 선생님이 드릴을 든 모습을
흉내 낼 때에는 선생님 본인조차도 웃음을 멈추지 못했다.

"저도 더 이상은 스트레스를 감당할 수가 없어요! 이제 다시

는 교육기준청을 상대할 필요가 없다고요! 교장 선생님, 너무 걱정 마세요. 제가 유튜브에서 교육용 영상을 여러 개 찾아봤답니다. 제대로 알고 하는 거니까 가만히 계세요. 자꾸 이러시면 선생님 시간만 낭비하시는 겁니다!"

내 순서를 모두 마치자 환호가 터져 나왔다. 자리로 돌아가는데 애들이 내 등을 찰싹찰싹 때렸다. 케이마는 아직도 깔깔 웃으며 말했다.

"젤리, 네가 본선 나가는 건 말 안 해도 뻔해!"

반 아이들 모두가 오디션을 받는 것은 아니다. 공연하는 것을 좋아하지 않는 친구도 있고, 시간 맞춰 준비하지 못한 애들도 있었다. 마셜은 마술을 보여 주었는데, 알록달록한 천을 소매 속에 좀 더 잘 숨겼더라면 그럴싸했을 것이다. 애벌론은 바이올린을 연주했는데, 난 들으면서 움찔거리지 않으려고 애를 썼다. 여자 애들 둘은 교실에서 하기 쉽지 않은 체조를 서툴게 했다. 윌은 비트 박스인가 뭔가를 했는데, 의외로 잘했다. 케이마와 산비는 노래를 불렀는데, 안타깝게도 산비가 2절 가사의 절반을 잊어 버렸다. 그래서 나는 노래가 끝난 뒤 그런 것쯤 별일도 아니라는 듯(물론 별일이긴 하다.) 무척이나 열광적으로 박수를 쳤다.

"말도 안 돼. 내가 다 망쳐 버렸어! 가사 다 아는데! 너무 긴

장됐어. 케이마, 진짜 미안해."

산비가 다시 자리에 앉으며 울상을 하고 말했다.

"네 잘못도 아닌데 뭘."

케이마가 말은 이렇게 했지만 실망한 것 같아 보였다.

"그렇게 나쁘지 않았어. 대부분은 눈치도 못 챘을걸."

나는 산비를 위로해 주었다. 마지막으로 우리는 각자 가장 좋았던 두 조의 이름을 적었다. 담임 선생님은 익명 투표이므로 자기 조를 써 내도 좋다고 했다. 그래서 나는 당연히 나, 그리고 의리를 지키기 위해 케이마와 산비의 조를 뽑았다.

선생님이 쪽지를 모두 거둔 후에 말했다.

"다들 수고했어요. 표를 가장 많이 받은 두 조는 내일 아침에 발표할 거랍니다."

여기저기서 불평이 쏟아지자 선생님이 덧붙였다.

"규칙이 그렇답니다! 모든 반이 동시에 발표할 거예요."

"맙소사! 너무 기대돼서 죽겠어요!"

마셜이 과장된 몸짓으로 바닥에 쓰러지며 소리쳤다.

"마셜, 지금 도대체 뭘 하는 건지 모르겠군요. 일어나세요. 수학 시험지 나눠 줄 참이니까."

선생님이 건조하게 말했다.

"그렇다면 차라리 죽는 게 낫겠어요!"

마셜이 외쳤다.

"저도요!"

나도 큰 소리로 말하고는 끙끙거리며 책상에 푹 쓰러졌다. 그러자 전염이라도 된 듯 교실의 모든 학생이 픽픽 죽는 시늉을 했다. 그렇게 몇 분이나 흐른 뒤에야 선생님이 다시 분위기를 주도할 수 있었다. 마셜이 자리로 돌아가는 길에 나와 손뼉을 마주쳤다.

수업을 마친 후 가방을 챙기는데 케이마가 나에게 비밀스레 말을 건넸다.

"젤리, 넌 합격이야. 백십 퍼센트 확실해."

내가 주위를 휙 둘러보며 말했다.

"뭐? 네가 어떻게 알아?"

케이마가 씩 웃었다.

"그거야 내가 누구 뽑았냐고 물어보러 다녔으니까. 네가 압도적으로 1등이야."

물론 내일이 되어 봐야 확실히 알겠지만, 스스로 대견한 마음에 집으로 가는 발걸음이 가벼웠다. 공원에서 하모니카 부는 남자와 또 마주쳤는데 다짜고짜 인사를 건네기까지 했다. 이번에도 역시나 그 사람은 슬픈 노래를 연주하기에 "행복한 노래도 해 보세요!"라고 외쳤다. 남자는 당황한 것 같았지만 이내 걸 그룹 '리틀믹스'의 곡을 연주하기 시작했다. 이건 진심인데, 그 곡을 하모니카로 들으니까 진짜 이상했다.

"우리 멋쟁이 왔구나!"

집에 들어가자마자 엄마가 나를 반겼다. 엄마는 얇고 하늘하늘한 양귀비꽃무늬 원피스를 입고서 얼굴에는 웃음꽃이 활짝 피어 있었다. 정말 빛이 났다.

"다녀왔습니다!"

나도 미소 지으며 인사했다.

엄마가 손에 무언가를 쥔 채 식탁에서 일어났다.

"쇼핑하러 갈래?"

그러면서 펼쳐 보인 건 지폐 다발이었다.

난 활짝 웃으며 답했다.

"지금요? 좋아요!"

내가 재빨리 옷을 갈아입은 뒤, 엄마와 함께 시내로 걸어갔다.

"대량 주문이 한 건 들어왔어."

엄마가 설명해 주었다. 나는 판타스틱 커피가 보이기에 안쪽을 살폈다. 플리스 언니가 보이면 손을 흔들려고 했지만 언니는 없었다.

"주문한 여자 분이 결혼을 앞두고 있는데, 여자 친구들끼리

모이는 축하 파티에서 친구들에게 선물로 화장품을 주고 싶대. 그 사람 부자인 게 틀림없어. 글쎄, 모든 상품을 죄다 열두 개씩 주문했다니까. 파운데이션, 아이섀도 팔레트, 립스틱, 세럼이고 뭐고 몽땅 다. 자기 결혼식 올리면서 그런 데에 돈 쓰는 사람도 있다니 제정신은 아닌 거 같아."

엄마는 어딘지 살짝 아쉬운 눈치였다.

"엄마, 결혼하고 싶어요?"

내가 힐끔 쳐다보며 묻자 엄마는 희미하게 웃으며 답했다.

"아, 글쎄, 잘 모르겠어. 좋은 점은 있잖아. 뭐랄까…, 결혼식 자체의 좋은 점 말이야. 흰 드레스를 입는다거나 뭐 그런 게 싫진 않아. 참 동화 같잖아."

엄마가 웃음기 사라진 얼굴로 어깨를 으쓱이고는 덧붙였다.

"근데 동화는 현실이 아니니까."

난 잠시 기다렸다가 물었다.

"엄마는 레넌 아저씨가 결혼하자고 하면 할 거예요?"

순간 엄마의 눈이 나를 향했다. 내가 정말 충격적인 얘기라도 한 것처럼.

"레넌? 넌 어째서 그런 질문을 하는 거야?"

엄마의 목소리가 가늘게 떨렸다.

"그냥 궁금해서요. 아저씨 정말 좋은 사람이잖아요."

"응, 그렇지. 근데… 결혼은 정말 신중하게 생각해야 돼, 젤리."

"그건 저도 알아요. 그냥 생각만 해 본 거예요."

"그런 생각은 안 해 봐도 돼. 그게 다 무슨 소용이야. 무슨 일이든 운명이냐 아니냐의 문제야. 생각해 본다고 해서 달라지는 건 없어."

엄마가 제법 날이 선 목소리로 말했다.

나는 이후로 가게에 도착할 때까지 아무 말도 하지 않았다.

"이제 새로운 옷 좀 살 때가 된 것 같아."

엄마의 말에 곧장 에이치앤엠으로 향했다. 나는 새 옷이 좋다. 들어가 보니 한자리에 모아 둔 색깔과 천이 천차만별이어서 잠시 어리둥절해졌다. 난 곧 옷을 마구 골라 들었다. 내게 별로 어울릴 것 같진 않지만 정말 예뻐서 꼭 한 번 입어 봐야겠다!

"한 번에 여섯 벌까지 입어 보실 수 있어요."

탈의실 입구에 선 여자가 말했다. 나를 보며 생긋 웃었다.

"손님은 한 열다섯 개쯤 들고 계신 것 같네요."

"죄송해요."

내가 여섯 개를 고르고, 나머지는 맡겨 두었다.

"여기 정말 맘에 들어요."

"그렇담 다행이네요."

여자가 발랄하게 말하고는 엄마의 팔에서도 여섯 개를 빼 나머지를 구분해 두었다.

칸에 들어가 멋들어진 검정 바지를 입어 보다가 얼굴이 구겨졌다. 허리가 맞지 않아 단추를 채울 수가 없었다. 아휴, 한숨을 쉬며 다시 바지를 내리기 시작했다. 그때 커튼이 살짝 열리고 엄마가 들어왔다.

"이거 봐!"

엄마가 신이 나서 말했다. 엄마는 헐렁하고 귀여운 흰색 상의를 입고 있었다. 가장자리에는 펀치로 뚫은 것처럼 구멍이 송송 나 있었다. 엄마한테 정말 잘 어울렸다.

"어, 이 바지 예쁘다. 어떤지 보게 한번 입어 봐."

난 무릎에 걸린 바지를 마저 벗으려고 낑낑대며 답했다.

"아니, 이거 사이즈가 안 맞아요."

"안 맞다고? 어디 돌아서 봐."

내가 말릴 새도 없이 엄마는 내 몸을 돌려 뒤에 있는 라벨을 확인했다.

"이거 네 사이즈 맞는데, 이 바지는 왜 안 맞지?"

"어차피 나한테 어울리지도 않고, 맘에 안 들어요."

마음이 점점 불안해졌다.

"엄마한테도 보여 줘."

어쩔 수가 없었다. 홧홧한 얼굴로 다시 바지를 끌어올렸다. 아무리 배에 힘을 주고 숨을 참아도 단추는 잠기지 않았다.

"아. 아, 이런…. 젤리, 어쩜 좋아."

낮은 목소리에 고개를 들어 보니 엄마는 내 배에서 눈을 떼지 못했다. 더 이상 못 참겠다. 곧장 힘주어 바지를 내리느라 허벅지가 가격표에 긁혔지만, 신경 쓰지 않았다. 눈물이 핑 돌았다.

"나한테 안 어울린다고 했잖아요."

엄마가 안으려고 손을 뻗었지만 난 몸을 뒤로 뺐다. 그 바람에 중심을 잃고 벽에 부딪혔다.

"엄마는 내가 쇼핑 싫어하는 거 다 알면서."

내가 퉁명스레 쏘아붙였다. 쇼핑이 싫다니 물론 터무니없는 거짓말이다. 내 속을 뒤덮은 먹구름 때문에 말이 자꾸만 헛나왔다.

"도대체 여기는 왜 데리고 온 거예요?"

엄마는 무언가 말하려는 듯 숨을 들이마셨지만, 그대로 밖으로 나가며 커튼을 닫아 버렸다. 눈앞의 줄무늬 커튼이 뿌옇게 흐려지고, 무릎에 힘이 빠졌다. 난 균형을 잡으려고 팔을 뻗어 벽을 짚었다. 안 그러면 쓰러질 것 같았다.

215

그러다 문득 전신 거울에 비친 내 모습을 봤다. 탈의실에 왜 이렇게 강한 조명을 달아 둔 거지? 내 엉덩이, 배, 허벅지를 노려보는데 하나같이 둥글고 펑퍼짐했다. 한 번씩 양옆으로 돌아서 팔뚝을 뜯어봤다. 아까 입어 본 상의마저도 몸에 꽉 끼었다. 이 옷은 전부 내 나이 또래에게 맞는 사이즈, 맞는 모양이다. 그런데 나는 이 옷에 맞는 사이즈, 맞는 모양이 아니다.

난 어렸을 때부터 언제나 알맞은 체형이 아니었다. 아기 때 사진을 보면 그냥 땅딸막하다. 갓난아기의 발바닥이 사각형 덩어리에 가깝다. 걷기 시작하는 아이들은 몸이 길쭉하게 뻗으면서 날씬해진다고 한다. 난 아니었다. 다들 "잘도 먹는구나."라면서 나를 얼렀다. 사람들이 날 보며 그렇게 말했던 게 기억이 난다. 할아버지와 할머니까지 그렇게 말했다. 그 후로 할아버지는 내가 '통통하다'느니 '먹는 걸 너무 좋아한다'느니 지적하기 시작했다.

정말 억울하다. 베리티 휴스는 어마어마하게 많이 먹는데도 졸라맨만큼이나 가늘다. 그렇다고 내가 건강하지 않은 것도 아니다. 달리기도 하고, 축구도 잘하고, 수영은 레벨이 8이다. 그런데 왜 가게에 있는 옷은 죄다 이렇게 꽉 끼는 거야? 나는 왜 옷을 입기 위해서 나이 많은 사람들 옷을 찾아다녀야 하지? 고무줄은 왜 이 정도밖에 안 늘어나는 거야?

거울에 비친 모습을 뚫어지게 쳐다보는데 생각에 빠진 얼굴을 타고 눈물이 줄줄 흘렀다. 다른 건 그렇다 치더라도 내가 남을 웃기려고 애를 쓰는 게 정말 싫다. 내가 뚱뚱하게 살쪘다는 사실을 의식하지 못하도록 사람들을 웃기기에 바빴다. 그놈의 살. 살. 살. 내 말이나 행동에 웃으면, 나를 비웃지는 않을 테니까 그랬다. 맞는 말 아닌가? 나는 사람들이 비웃으면 견딜 수가 없다. 아니면 나를 징그럽게 생각하는지도 몰라. 실은 다들 그렇게 생각하는 거겠지. 그래서 내가 웃기는 사람이 된 거고.

내가 웃기지 않으면 나를 좋아할 사람도 없을 거다.

25

"너한테 손 흔들었어. 어제 오후에 에이치앤엠 바깥에서 말야. 근데 네가 쳐다보질 않더라. 뭐 좀 샀어?"

다음 날 아침 운동장에서 케이마가 말했다.

몇 가지 장면이 머릿속을 스쳤다. 검정 바지의 단추가 채워지지 않았고, 창피했고, 가게 밖으로 뛰쳐나갔고(나머지 옷은 입어 보지도 않은 채 그대로 두고), 탈의실을 지키던 여자의 입이 딱 벌어졌고, 엄마가 나를 쫓아와서 말을 붙였고⋯. 그때만큼은 웃어넘길 수 없었다. 그때만큼은 보기 2번을 써먹을 수 없었다. 그래서 겁이 났다. 피부가 벗겨진 것처럼 내 모든 것이 그대로 다 드러난 기분이었다. 내가 말을 하지 않자 엄마는 어쩔 줄을 몰라했다. 그렇게 집에 돌아와 나는 곧장 방문을 닫고 소리 없이 30분을 울었다. 그런 뒤에 문을 열고 나가니 엄마가 기분 풀라며 내게 홍차와 초코바를 건넸다.

그건 어제의 일이다. 오늘 나는 다시 모두가 아는 젤리로 돌아왔다.

케이마가 물은 지 아직 30초 밖에 지나지 않았다.

"아니, 맘에 드는 게 없더라. 어제 널 못 봤는데, 미안해. 사실 새로운 콩트가 떠올랐는데 그때 아마 그 생각을 하고 있었나 봐. 교장 선생님이 여왕한테 홀라후프 돌리는 법을 가르쳐 주려는 거야. 근데 웰시코기 여러 마리가 여왕 주변을 자꾸 알짱거리는 거지."

산비가 쿡쿡 웃었다.

"그거 진짜 재밌겠다."

"근데 꼭 여왕이 나와야 돼? 다들 여왕 흉내만 내잖아. 그거 말고… 음…, 팝 스타는 어때? 너 레이디 가가도 할 수 있어?"

"모르겠어. 근데 그 사람도 개 키워? 개가 없으면 별로 웃기지가 않는단 말이지."

우리 셋은 교실로 들어가면서도 계속 이 이야기를 나눴다. 하지만 담임 선생님이 들어오는 순간 교실이 조용해졌다. 바로 오늘이 예선에서 뽑힌 두 조를 발표하는 날이기 때문이다. 담임 선생님이 출석을 확인하는 동안 모두 눈이 빠지게 기다렸고, 나는 잠시도 가만있지 못했다. 선생님이 나를 노려봤다.

"안젤리카 워터스, 또 무슨 꿍꿍이가 있어 꼼지락대는 건지 모르겠다만 얌전히 좀 앉아 있으면 좋겠군요."

"너무 궁금해서 온몸이 근질거려요."

내 말에 다들 웃음이 터졌다.

"누가 뽑혔는지 안 알려 주실 거예요?"

"그렇게 자꾸 묻다가는 점심시간이 끝날 때까지 기다려야 할 거예요."

선생님의 냉랭한 말 한마디에 모두 나를 나무랐다.

"야, 조용히 좀 해!"

난 입을 꼭 다물고 기대감에 가득 찬 눈으로 선생님을 바라봤다. 선생님은 출석부를 접으며 말문을 열었다.

"자, 여러분도 알다시피 이제 슈퍼스타킹이 얼마 남지 않았어요. 정말 코앞이지요."

심장이 쿵쿵 울리는 소리를 들으며 침을 꼴깍 넘겼다. 나 떨어졌나? 체조하던 여자애들이 생각보다 인기가 많았으려나?

"말한 대로 두 조가 뽑혔고, 바로 여기에 적혀 있답니다."

선생님이 종이를 한 장 들어 보였다. 난 몸이 자꾸만 꿈틀거렸다.

"본선에 나갈 첫 번째 학생은… 윌 마츠나가. 비트 박스를 했지요."

반 친구들을 따라 나도 박수를 치고 환호했다. 윌은 부끄러우면서도 뿌듯해하는 표정이다.

"그리고 두 번째 학생은….."

담임 선생님이 잠시 멈칫하고 히죽 웃더니 말을 이었다.

"이번에 뽑혔다고 해서 수업 시간에 시끄럽게 굴어도 된다는 뜻은 아닌데….."

이야! 나다, 나야! 선생님이 내 이름 부르는 것을 듣지도 않았다. 속으로는 이미 탭댄스를 추고 있었다. 모두 환호하는 소리에 나는 입이 귀밑까지 찢어졌다. 그리고 수업이 다 끝날 때까지 친구들이 다가와 내 등을 찰싹 때리며 "잘됐다, 친구야! 나도 너한테 투표했어!" 하고 말했다.

친구야. 맞아. 바로 그거다.

집에 가는 길에도 입가에서 미소가 떠나지 않았다. 게다가 기분이 더 좋아진 이유는 우리 집 소파에 레넌 아저씨가 엄마와 함께 앉아 있어서였다. 내가 집에 들어서자마자 둘은 화들짝 떨어졌지만, 난 눈치챌 겨를도 없었다. 이미 잔뜩 들떠서 호들갑을 떠느라 바빴다.

"오늘 학교에서 무슨 일이 있었게요? 슈퍼스타킹 본선에 나가는 사람이 누구게요?"

그리고는 가방을 휙 던져두고 엉덩이춤을 췄다.

"오 예, 오 예, 오 예…."

엄마가 벌떡 일어났다.

"진짜 대단하다! 자랑스러운 우리 딸!"

레넌 아저씨도 다가와 안아 주었다.

"잘됐다. 그럼 다들 네 성대모사가 맘에 들었던 모양이네."

"교실이 웃음바다가 됐죠. 윌 마츠나가는 너무 웃다가 의자에서 떨어졌다니까요!"

아저씨가 활짝 웃었다.

"넌 정말 재주가 많구나."

그러고는 느닷없이 내가 모르는 노래를 부르기 시작했다.

"사람들을 웃겨 봐, 사람들을 웃겨 봐…."

아저씨가 재즈 가수처럼 두 손가락을 튕기고 리듬을 탔다. 나는 물론 엄마도 그 노래를 몰랐지만, 우리는 '웃겨 봐' 부분을 같이 따라 부르며 손가락을 튕기고 탭댄스 추는 시늉을 했다. 문득 이 잠깐의 시간 동안… 가족이 된 기분이었다.

그런 생각이 들자 갑자기 긴장이 되고 심장이 내려앉는 듯했다. 이런 기분은 정말 처음이었다. 가족이라고 해 봤자 항상 엄마와 나뿐이었고, 다른 사람이 필요하지도 않았는데, 아니 그런 생각조차 해 본 적이 없었는데, 지금은….

피자를 자를 때에는

여섯 조각

아니면 여덟

아니면 열 조각을 낼 수도 있다

(피자 크기가 충분하다면)

어떻게 나누든

피자의 양은 똑같다

내 마음도

피자 같다고 생각했다

내 친구들을 위해 몇 조각

엄마를 위해 크게 한 조각

이모를 위해 한 조각

할머니를 위해 한 조각

(할아버지 몫은 없다)

이제 다 나눠 가져서 남은 게 없다고

생각했다

그런데 어째선지

이젠 레넌 아저씨의 몫도 생겼다

게다가 재미난 사실은

그렇다고 다른 조각들이 조금도 작아지지 않았다는 것

그러니까 그건

내 마음이

분명히

넓어졌다는 이야기

"젤리, 나 곧 있으면 집에 갈 건데, 잠깐 얘기 좀 할 수 있을까?"

레넌 아저씨가 내 방문을 노크하고는 물었다.

도대체 무슨 바람이 들었는지, 나는 문득 아저씨가 우리 엄마와 결혼해도 되겠냐고 물으려는 게 아닐까 생각했다.

머뭇거리다가 공책을 베개 밑으로 반쯤 밀어 넣었다.

"음…, 네."

아저씨가 들어와서 문을 닫았다. 분명히 뭔가 이상했다. 아저씨는 방을 둘러보다가 바닥에 앉았다.

"장기 자랑 본선에 나가게 되다니 정말 잘했다고 말해 주고 싶었어."

"고맙습니다."

"근데 다들…, 혹시 그런 것도…."

아저씨가 말을 하다 말았다. 어떻게 말하면 좋을지 생각하는 것 같았다.

"본선에 오르고 나서 공연 내용을 바꾸는 것도 가능한가?"

내가 아저씨를 빤히 쳐다봤다.

"그게 무슨 뜻이에요?"

속으로는 배가 살살 아파 왔다. 엄마와 결혼한다는 얘기가 아니었구나.

"음, 생각을 좀 해 봤는데, 이번 장기 자랑 대회가 정말 딱 좋은 기회일 것 같아서 말이야. 본선에서 네가 쓴 시를 발표하면 어때? 아니면 네 노래를 불러도 좋고."

내 눈이 번쩍 뜨였다.

"뭐라고요?"

아저씨는 내가 거절할 줄 알았는지 단호한 말투로 서둘러 설명했다.

"자, 일단 내 말을 끝까지 들어 봐. 젤리 네가 사람들 앞에서는 쾌활하게 굴면서 너 자신을 많이 숨긴다는 걸 알아. 그것도 다 이해가 돼. 네가 왜 그럴 수밖에 없는지 알겠으니까 말이야. 살아남기 위한 습관 같은 거잖아. 그런데… 중요한 사실은, 늘 농담을 던지는 게 진짜 너의 모습은 아니라는 거야. 젤리 너는 그보다 훨씬 특별한 사람이야. 똑똑하지, 재치 있지, 그리고 감정을 느낄 줄도 알고, 글 쓰는 재주가 정말 뛰어나서 시도 그렇게 잘 짓잖아. 표현력도 풍부한데 아무한테도 그걸 보여 주지 않지. 네가 얼마나 남다른지 스스로 잘 모르는 것 같아. 너처럼 시를 쓰고, 네 나이에 벌써 자기 성격을 파악하고, 표정을 읽을 줄 알고, 그런 식으로 삶과 세상을 바라보고… 아무나 할 수 있는 일이 아니야. 넌 아주 특별해. 그러니까… 다른 사람들도 그걸 봐야 한다고 생각해. 너를, 젤리의 다른 모습을 말이야."

드디어 목소리가 나왔다.

"못 해요."

"네 기분이 어떨지 잘 알아. 가끔은 나도 곡을 써서 노래 부를 때, 내 속마음을 전부 다 드러내는 기분이 들거든. 그건 내가 실제로 어떤 사람인지, 얼마나 나쁜 생각을 하고, 멍청한 실수를 저지르는지, 뭐 그런 걸 사람들에게 한번 보라고 하는 셈이지. 근데 놀랍게도 사람들 눈에는 내가 무엇을 간절히 바라고, 기대하는지도 함께 보인다는 거야."

아저씨는 잠시 침묵에 빠졌다가 이내 말을 이었다.

"아무튼 지금은 내 얘기가 중요한 게 아니지. 네가 장기 자랑 무대에서 네 노래를 부르고 싶다면, 나도 같이 올라가서 기타를 연주해 줄게. 혼자 부르기 좀 그렇다면 나도 같이 불러도 좋고. 그리고 다들 너의 하모니카 연주도 듣게 되겠지! 너 이제 진짜 잘하잖아. 아직 아무한테도 안 들려줬지?"

나는 고개만 끄덕였다. 말이 나오질 않았다.

"적어도 생각은 해 볼래? 근데 본선은 언제 열리는 거야?"

"다음 주… 금요일 저녁이요."

내가 기어들어 가는 목소리로 답했다.

아저씨가 끄덕이고 다시 침묵이 흘렀다. 몇 분 뒤 아저씨가 몸을 일으키며 말했다.

"물론 꼭 해야 될 필요는 없어. 원래 계획대로 성대모사를 해도 우승할 수 있을 만큼 넌 잘하니까. 그런데… 그건 네 모습이 아니라 다른 사람을 흉내 내는 거야. 너의 진짜 모습을 보여 줄 수도 있잖아. 내가 아는, 젤리의 엄청나게 멋진 모습을 보여 줘도 되잖아. 그럼 넌 사람들 반응에 깜짝 놀랄 거야. 아무튼, 한번 생각해 봐. 알겠지?"

아저씨가 방을 나가고 나서도 나는 꼼짝 할 수 없었다. 침대에 앉아 바닥을 멍하니 바라보며 머릿속에 맴도는 아저씨의 말을 계속해서 곱씹었다. 똑똑하고… 재치 있고… 글 쓰는 재

주가 정말 뛰어나고… 감정을 느낄 줄도 알고… 엄청나게 멋
지고….

지금까지 나에게 그런 말을 해 준 사람은 없었다.

단 한 번도.

그래도 내 노래를 전교생과 부모님들 앞에서 공연한다니…
말도 안 돼.

절대로, 요만큼도 안 된다.

26

그다음 날은 금요일이었다.

"너 괜찮아? 아침 내내 너무 조용하잖아. 담임 선생님이 한 번도 널 안 혼내셨다니까!"

쉬는 시간에 케이마가 물었다.

나는 입을 열어 선생님이 무슨 일인지 알아내려는 모습을 따라해 보려고 했지만, 성대모사는 관두었다.

"모르겠어. 오늘 기분이 좀 이상하다고 해야 되나?"

"어떻게 이상한데?"

케이마의 물음에 어깨를 들썩했다.

"글쎄…, 온통 뒤죽박죽이 된 것 같아."

"배가 아프기라도 한 거야? 양호실 안 가도 괜찮겠어?"

산비가 묻다가 갑자기 목소리를 낮췄다.

"너 혹시 또… 생리하는 거야?"

물론 그 일이 있은 다음 날 나는 둘에게 얘기했다. 그때 케이마는 대뜸 "왝!" 소리를 냈고, 산비는 "우아, 너 이제 어른 다 됐다."라고 했다. 우리 셋 중에 내가 처음이라 매우 중요한 사람이 된 것 같은 기분이 들었다.

내가 고개를 저으며 답했다.

"그런 거 아니야."

그때 케이마가 눈을 반짝이며 말했다.

"어쩌면 외계인이 널 납치하려는 건지도 몰라…."

그러고는 둘이서 갑자기 두 손으로 입을 막으며 겁먹은 시늉을 했다.

"안 돼!"

그래도 달라지는 건 없었다. 친구들은 진지한 내 모습을 어색해하고, 나는 레넌 아저씨가 한 말을 이야기할 용기가 나지 않았다. 말을 꺼냈다가는 내가 쓴 시 얘기를 할 수밖에 없고, 그러면 애들은 시를 보여 달라고 할 텐데, 나는… 보여 줄 수가 없다. 친구들은 내가 사람들을 웃기는 모습에만 익숙하다. 그래서 그냥 그렇게 행동했다.

"어머나 세상에, 네 말이 맞아!"

내가 양 손을 배에 턱 얹으며 외쳤다.

"이제…, 이제 곧…, 으, 으악!"

나는 몸을 뒤틀고 부르르 떨고, 거품을 물며 악을 쓰고, 외계인이 배를 가르고 튀어나올 듯한 몸짓을 하면서 바닥에 쓰러졌다. 케이마와 산비가 낄낄 웃었고, 어느새 모여든 애들이 나를 내려다봤다. 나는 숨을 헐떡이며 장렬히 죽음을 맞았다.

"어머니에게… 돈은 바로 내… 으흑…."

구경꾼이 흩어졌다. 그때 누군가가 말하는 소리가 들렸다.

"쟤는 언제 멈춰야 하는지를 모르나?"

그 말에 갑자기 내 연기가 재미있지 않다는 생각이 들었다. 사람들이 나에게 주목할 때 느끼던 기쁨이 흐지부지 사라졌다. 구멍 난 풍선에서 바람이 빠지는 것처럼.

다시 기분이 이상해졌다. 내 속에서 무언가 빠져나오려고 애를 쓰는데, 길을 찾지 못하는 것 같았다. 사람들이 이제 날 따분한 사람이라고 생각하면 어쩌지? 그땐 내가 뭘 어떻게 해야 되지?

언제 멈춰야 해?

조명은 언제 어두워져?

커튼은 언제 내려와?

웃음은 언제 잦아들지?

231

그때 멈추면 돼?

근데 공연이 끝나고

어둠이 찾아오면

그땐 어떻게 되는 거지?

주말이 되자 엄마의 행동이 부쩍 이상해졌다. 마음 편히 쉬지를 못하는 것 같았다. 자꾸만 물건을 집어 들었다가 다시 내려놓는다든지, 다른 곳으로 옮겼다가 다시 원래 자리에 놓아둔다든지. 심지어 감자칩 봉지를 뜯어서(그런 적이 없었는데!) 네 개를 와삭와삭 집어 먹고는 갑자기 말했다.

"내가 도대체 뭘 하는 거지? 자, 젤리, 네가 마저 먹….."

그렇게 엄마가 내게 과자 봉지를 건넸다. 엄마는 손이 허전해지는 순간 깜짝 놀라며 눈길을 휙 내 배로 돌렸다. 더 이상 바지가 맞지 않던 내 몸을 떠올렸나 보다. 그대로 엄마가 손을 뻗은 채 시간이 흘렀다. 과자 봉지를 가로채야 하나 말아야 하나 잠시 고민하는 것 같았다.

기껏해야 1분 안에 벌어진 일인데, 마치 불에 덴 듯 내 마음에 새겨졌다. 특히 엄마가 어깨를 보일 듯 말 듯 으쓱이며 고개를 돌리는 순간은 더욱 또렷이 남았다. 나는 안 그러는 게 좋겠다고 생각하면서도 과자를 먹어 버렸다.

일요일 아침 전화가 울렸다. 할머니와 할아버지가 '근처에 올 일이 있어서' 또 수요일 저녁에 들르겠다고 했다. 엄마는 통화를 하는 동안 표정이 굳고 눈빛이 매서워졌지만, 목소리만큼은 별일 아닌 듯 가볍고 부드러웠다. 곧 전화를 끊고 엄마는 녹차를 또 한 잔 마시기 위해 부엌으로 갔다. 오늘만 세 잔째다. 또다시 전화가 울렸다.

"전화 좀 받아 줄래?"

엄마가 큰 소리로 내게 말했다.

"여보세요."

"젤리!"

이모의 밝고 우렁찬 목소리가 들렸다. 난 움찔하며 귀에서 수화기를 뗐다.

"아유, 우리 젤리 어떻게 지냈어? 얼굴 본 지가 벌써 몇 년이 되어 버렸네. 이모 집에는 언제 올 거야?"

"음…."

내가 머뭇거렸지만 사실 상관없었다. 이모가 시속 150킬로미터로 질주했기 때문이다.

"안 그래도 저번에 너희 엄마한테 말하려던 참이었는데, 이제 너도 정말 많이 컸겠구나! 지금 열 살인가?"

"열한 살이요."

"열한 살? 말도 안 돼! 너 생일 지났니? 내가 설마 깜빡한 건 아니지? 이모가 원래 기억력이 좀 안 좋잖아. 근데 웬일로 좀 나아졌나 싶겠지? 이번에 내가 스케줄러를 새로 장만했거든. 이제부터 하나도 빠짐없이 전부 다 적기로 결심했어. 그럼 생일이나 휴일 같이 중요한 일을 안 잊어버리겠지. 그러니까 뭐든 다 말해 봐! 학교는 어때? 친구는 많이 사귀었고? 쉴 때는 주로 뭐해? 다음에 너 오면 무슨 요리 해 줄까?"

이모는 숨이 차서 말을 멈췄다.

듣는 내가 다 숨이 찰 지경이다. 평소에 통화할 때엔 이모가 이렇지 않았다. 지금은 누가 '빨리 감기' 버튼이라도 누른 것처럼 말이 너무 빨랐다.

"어…."

난 어떤 질문부터 답을 해야 하나 생각하느라 말을 잇지 못했는데, 이모는 그럴 틈도 주지 않았다. 이모의 목소리가 다시 한 번 줄줄 흘러나왔다. 꼭 울타리에 앉은 참새들이 짹짹 지저귀는 것처럼 음이 높아졌다 낮아졌다.

천만다행으로 엄마가 머그잔을 들고 돌아오기에 내가 얼른 수화기를 건넸다.

나는 이상한 기분이 들었다. 뭔가를 하고 싶은데 정작 그게 뭔지 모르겠다고 해야 하나. 그래서 몹시 초조하고 마음이 간 질거렸다. 그리고 마음 한구석에서는 자그만 목소리가 상상의 문을 두드리며 속삭였다.

장기 자랑 대회 있잖아….

안 돼. 생각도 하지 마.

네 노래를 불러도 되는데….

안 돼, 안 돼, 안 된다고!

오후가 되고 상태가 멀쩡한 사람이 곁에 있어 주면 바랄 게 없겠다 싶을 때쯤 레넌 아저씨가 찾아왔다. 엄마는 한참 전부터 뭐가 불안한지 이상하게 행동했고, 이모와 통화 후에는 정도가 심해졌다. 우리 둘 다 그야말로 병에 갇힌 메뚜기처럼 정신이 없었다.

레넌 아저씨를 보고 내가 꼭 안아 주었다. 아저씨가 놀란 듯했지만 그래도 기뻐 보였다.

"같이 연주해도 돼요? 저 연습 많이 했어요."

아저씨가 기타 가방을 내려놓으며 말했다.

"그럼. 우선 너희 엄마한테 인사부터 하고 올게."

"조심하세요. 엄마 기분이 안 좋으시거든요."

"그래."

아저씨가 고개를 끄덕였다.

부엌에서 둘이 나긋이 대화하는 목소리가 들려오는 동안 나는 거실로 가 하는 일도 없이 꼼지락거렸다. 음, 레넌 아저씨의 목소리는 부드러웠다. 엄마 목소리는 아직도 이상했다. 드디어 얘기가 끝났는지 아저씨가 엄마의 손을 잡고 부엌을 나왔다. 아저씨는 나를 보며 눈썹을 까닥였지만 별다른 말은 없었다.

레넌 아저씨와 나는 지난번에 들어 봤던 곡, 굽이굽이 펼쳐진 길에 대한 노래를 연주했다. 그 후에는 내 곡도 연주했다. 이번에 나는 하모니카 연주는 물론 노래도 함께 불렀다. 노래하는 동안 아저씨가 목소리를 낮추는 바람에 조금 긴장이 됐다. 아저씨가 안심하라는 듯 날 보고 싱긋 웃어 주기도 했다. 어차피 이곳엔 우리 셋뿐이잖아? 그래서 용기를 냈다.

"정말 좋은데."

연주가 끝난 뒤 아저씨가 말했다. 그 순간 지독하게 간지럽던 마음이 싹 사라지고, 그 대신 따뜻한 꿀에 이제 막 몸을 담근 듯한 기분이 들었다.

엄마는 조용히 녹차를 홀짝일 뿐 말이 없었다.

"엄마는 들어 보니까 어때요?"

엄마가 미소 지었지만, 억지웃음 같았다.

"아, 아름답지. 잘했어, 우리 젤리."

마음에 없는 말 같았다. 엄마는 왜 레넌 아저씨처럼 말하지 못하는 걸까?

"젤리, 내 부탁 좀 들어줄 수 있어?"

아저씨가 물었다.

"뭔데요?"

아저씨는 기타 줄감개를 만지작거리며 말을 꺼냈다.

"어…, 너희 엄마 들려주려고 노래를 한 곡 썼거든. 그래서 말….'

"뭘 썼다고요?"

엄마가 이제 막 정신이 든 사람처럼 묻자 아저씨가 엄마를 보며 말했다.

"당신 들려주려고 곡을 하나 썼어요. 직접 불러 주고 싶은 데….'

그러고는 나를 보며 물었다.

"젤리, 괜찮다면 네 방에 잠깐 가 있을래? 물론 나중에 너한 테도 들려줄게. 근데 일단은 너희 엄마가 제일 먼저 듣는 게 좋을 것 같아. 그래도 괜찮지?"

"아! 어…, 네, 당연하죠."

내가 갑자기 허둥대며 일어섰다. 엄마한테 노래로 프러포즈 하려는 걸까? 그럼 정말이지 낭만적이겠다! 나는 함박웃음이 자꾸만 번지려는 걸 애써 참으면서 서둘러 방으로 갔다. 물론 계속 방 안에만 있지는 않았다. 그렇게 바보 같은 짓이 어딨어! 난 곧장 다시 나와서 까치발을 하고 복도를 따라 걸었다. 이 순간을 놓칠 순 없지!

엄마의 목소리가 들렸다. 나는 들키지 않도록 복도 벽에 몸을 바짝 붙였다.

"레넌, 할 말이 있는….."

"이 노래부터 들어 봐 줄래요? 부탁할게요, 알린. 정말 당신한테 꼭 들려주고 싶은 노래예요."

레넌 아저씨가 부드러운 목소리로 말했다.

잠시 정적이 흐르고 엄마가 짧은 한숨을 뱉으며 말했다.

"좋아요."

아저씨가 연주를 시작했다. 그리고 노래도 불렀다.

가사는 어느 소년이 소녀를 사랑하게 되었는데, 소녀에게서 상처를 받았다는 이야기로 시작한다. 소년은 마음이 너무 아프고, 허탈해서 다시는 상처받지 않도록 마음의 문을 걸어 잠그리라 굳게 다짐한다. 몇 년이 흐른 뒤 소년은 또 다른 소녀를 만나게 된다. 이 소녀의 눈은 불과 물과 공기를 머금었고, 마음은 역시 상처를 입어서 보살핌이 필요했다. 소년은 절대 다시 사랑에 빠져선 안 된다고 되뇌지만, 마음이 가는 것을 어

쩔 수가 없다. 이제는 소녀 없는 삶을 상상할 수 없게 되었고,
후렴이 계속해서 반복된다….

　　보이지 않아? 이게 나예요
　　당신 있는 곳에 내가 있고 싶은걸
　　당신 곁에 있으면 모든 게 새로운걸
　　지난날이 사랑으로 낫는다는 그 말 정말인걸
　　당신 곁에서 난 더 크고 강한 사람이 되어요
　　더 나은 사람이 되고, 간절히 바라게 되죠
　　당신을
　　당신만을

　나는 벽에 기대서서 눈물만 줄줄 흘렸다. 이게 바로 지난
번 레넌 아저씨가 했던 이야기였다. 음악과 시를 통해 사람
들에게 나의 마음, 나의 진심을 보여 줄 수 있다는 것. 직접
쓴 노래를 부른다는 건 모두에게 내가 실은 어떤 사람인지,
내 바람과 꿈과 걱정과 두려움은 무엇인지 보여 주는 것이
다. 많은 걸 무릅쓰고서 부르는 것이다. 드러내지 않으면, 다
른 사람인 척 구는 동안 그 말과 생각과 감정은 모두 내 안에
갇혀 버린다.

나는 노래를 들으면서 생각했다. 레넌 아저씨는 그런 마음을 우리 엄마에게 전하다니 정말로 용감한 사람이구나.

레넌 아저씨가 할 수 있는 일이라면, 나도 할 수 있겠지.

27

시간이 조금 지난 뒤 레넌 아저씨가 나를 찾으러 왔다. 물론 난 방금 전에 문을 아주 조심스레 열고 닫은 후 무사히 내 방에 들어왔다. 아저씨를 올려다보며 물었다.

"별일 없는 거죠?"

"응. 너희 엄마가 좀 놀랐나 봐. 여태껏 이런 걸 받아 본 적이 한 번도 없었다네."

아저씨가 웃었지만 그래도 뭔가 미심쩍은 듯한 눈치였다.

나는 엄마의 옛 남자친구를 한 명씩 떠올려 봤다. 내가 확신에 차서 말했다.

"없었죠. 그런 사람은 단 한 명도 없었어요. 사실 엄마한테 잘해 준 사람이 별로 없었어요."

"참 이해가 안 돼. 내가 만났던 사람 중에 너희 엄마만큼 다정하고, 따뜻하고, 영혼이 아름다운 사람을 본 적이 없는데."

엄마가 아름다운 거야 당연하니까 나도 맞장구를 치려고 입을 열었다가 멈칫했다. 아저씨는 엄마가 아름답다고 한 게 아니라 엄마의 영혼이 아름답다고 한 거였다.

나는 사실 영혼이란 게 뭔지 잘 모르겠다. 가슴속에 있는 무언가를 말하는 것 같기는 한데. 한번은 학교에서 종교 수업 시간에 어떤 남자가 특강을 하러 온 적이 있었다. 남자는 영혼이 사람의 본질이며, 죽은 뒤에도 사라지지 않는다고 얘기했다. 그래도 영혼이 아름답다는 말은 하지 않았다. 그때 나는 영혼이 방울 같은 거라고 생각했다. 그런데 레넌 아저씨가 엄마의 영혼이 아름답다고 하니까 뭔가 반짝이는 것이 소용돌이치는 모습이 그려졌다. 빛이 바람을 타고 흩날리는 느낌.

"젤리?"

나도 모르게 얼떨떨한 표정으로 아저씨를 쳐다보고 있었다.

"아, 죄송해요. 뭐라고 하셨어요?"

아저씨가 웃으며 말했다.

"우리 피자 배달 주문하고 먹으면서 뭘 좀 보기로 했거든. 너도 같이 놀래?"

"네."

내 대답을 듣고 아저씨가 돌아서 나가려고 했다.

"잠깐만요. 할 얘기가 있어요. 저 슈퍼스타킹 나가서 제 노래 부르려고요. 음…, 그러니까 아저씨도 와 주신다면 말이에요. 오셔서 저 좀 도와주세요."

내가 봤던 미소 중 가장 크고 환한 함박웃음이 아저씨의 얼굴에 번졌다. 그러고는 이렇게 말했다.

"좋아. 멋지다. 당연히 가야지."

열기

꽃피우지 않는다면 그것을 꽃봉오리라 할 수 있을까?

문이 잠긴 방은 무슨 소용이 있을까?

한 번도 읽히지 않은 책은 무엇일까?

빵이 되지 못한 반죽은 무엇일까?

입 밖에 내지 않을 거라면 할 말은 왜 생각할까?

왜 독특해지려 하지 않고 똑같아지려 할까?

날지 않을 거라면 날개는 왜 있을까?

왜 해 보지도 않고 포기할까?

'곧'은 언제쯤 '오늘'이 될까?

두려움은 언제쯤 떨어질까?

나는 언제쯤 사람들에게 성벽 너머의 나를 드러낼까?

28

다음 날 아침 나는 색다른 기분으로 잠에서 깼다. 슈퍼스타 킹에서 내 노래를 부른다는 걸 생각하니 여전히 바보같이 겁이 나지만, 지금의 내가 할 일이라는 것을 알고 나니 조금은 마음이 차분해졌다. 음, 너무 두려워서 어쩔 수 없이 받아들였다고 하는 게 맞으려나. 오늘은 월요일이니 교장 선생님에게 공연 내용을 바꾸고 싶다고 얘기해야겠다.

부디 선생님이 내 공연에 너무 관심 갖지 않아야 할 텐데. 이전에도 공연 내용을 바꾼 사람이 있는지는 모르겠다. 이 일은 공연을 하는 순간까지 비밀로 할 생각이다. 혹시라도 마음이 바뀐다면 무를 수도 있을 테니까.

아직은 무를 마음이 없다. 내 노래를 불러서 모두에게 보여주고 싶다. 나라는 사람은 농담이나 몸집이 다가 아니라고 알려 주고 싶다.

기운차게 일어나서 교복을 입었다. 집이 조용한 거 보니 엄마는 조금 늦잠을 자나 보다. 그래도 아침 식사는 알아서 해결할 수 있으니 문제없다.

식탁에 앉아 시리얼을 먹는데 엄마의 방에서 무슨 소리가 희미하게 들려왔다.

온몸에 소름이 쫙 끼치면서 머리카락이 쭈뼛 섰다. 아니, 안돼…. 설마 그럴 리가….

내가 아주 조심스럽게 엄마의 방문을 열었다. 엄마는 이불 속에서 몸을 웅크리고 있었다.

울고 있었다.

레넌 아저씨의 흔적은 없지만, 어젯밤 여기 있다 간 것이 분명했다.

"엄마. 엄마, 왜 그러세요?"

내가 침대에, 엄마 옆에 앉으며 조용히 물었다.

엄마가 천천히 나를 돌아봤다. 얼굴에 눈물 자국이 가득하고, 빨갛게 충혈된 눈이 퉁퉁 부어올랐다.

"아, 우리 젤리 일어났구나. 미안해. 안 들릴 줄 알았는데."

"엄마, 무슨 일 있었어요? 레넌 아저씨는요?"

엄마가 몸을 일으켜 앉아 코를 풀었다. 한숨을 내쉬고는 안

개처럼 부옇고 우중충한 목소리로 말했다.

"가 버렸어."

"가 버려요? 그게 무슨 뜻이에요? 가 버리다니?"

"떠났다고. 이제 끝났어. 또 일이 이렇게 돼 버린 거지, 뭐."

나는 이해할 수 없었다. 시리얼이 목에서 넘어가지 않았다.

"네? 왜, 왜요?"

"넌 이해하기 힘들 거야. 아직 어리잖아."

엄마가 손을 내저으며 말했다.

"엄마. 레넌 아저씨 만나고부터 우리 제일 행복하게 지냈잖아요!"

"사람 일이란 건 그렇게 간단하지가 않아."

내가 침대에서 벌떡 일어났다. 아직도 이해가 안 돼서 답답했다.

"엄마, 아저씨가 엄마한테 노래를 써 줬어요."

"젤리, 그 얘기는 하고 싶지 않아."

엄마의 목소리가 싸늘해졌다.

"그러면….”

나는 혼란스럽다 못해 화가 나기 시작했다. 아저씨는 내게도 노래를 써 주었고, 난 정말 큰맘 먹고 그 노래를 부르려고 했는데 이게 뭐야….

"그럼 나는요? 아저씨는 내 친구이기도 하잖아요!"

엄마가 고개를 돌리더니 몸을 움츠리고 다시 이불을 뒤집어쓰며 말했다.

"그래, 그건 안됐구나. 근데 이건 네 문제가 아니야."

나는 침대 위에 생긴 덩어리를 가만히 바라봤다. 그 순간 엄마가 싫었다. 억울해서 들끓는 화를 견디지 못하고 엄마가 싫었다. 엄마가 다 망쳤으니까. 내가 터놓고 이야기할 수 있는 단 한 사람을 멀리 보내 버렸으니까.

엄마는 그게 나한테 어떤 의미인지 상상조차 할 수 없겠지.

난 그길로 방을 나와 책가방을 들고 말 한마디 없이 집을 나섰다. 30분 일찍 나갔기 때문에 공원에 앉아서 애꿎은 자갈만 노려봤다.

어떤 사람은 잠시 혼자 있다 보면 기분이 나아진다던데, 나는 그렇지 않았다. 시간이 지날수록 상태가 나빠지기만 했다. 온갖 생각이 자꾸만 머릿속을 맴돌았다. 레넌 아저씨가 누구인지 몰랐을 때 카페에서 만났던 일, 부드럽게 빛나던 엄마의 눈, 아저씨가 하모니카를 빌려 주었던 기억, 내가 쓴 시를 아저씨에게 보여 주었을 때….

레넌 아저씨 덕분에 나는 나 자신을 더 나은 사람이라고 생각하게 되었다. 아저씨 덕분에 엄마의 기분이 좋아졌다. 그게 전부 아저씨 덕분인 걸 내가 다 아는데! 도대체 무슨 일이 있었던 걸까?

그렇게 공원에서 시간 가는 줄도 모른 채 생각에 잠겨 있다가 결국 학교에 늦어 버렸다. 그래서 교장실에 들러 내 이름을 기록해야 했다. 운도 더럽게 없지. 그곳에 가니 교장 선생님이 문 앞에 있었다.

"안젤리카. 무슨 일이 생긴 건 아니겠지? 어쩌다 늦었어?"

교장 선생님이 매서운 눈길을 던졌다.

나는 '선생님, 죄송해요.'라고 말할 작정으로 입을 열었는데, 정작 튀어나온 말은 달랐다.

"아, 선생님, 제가 아침에 학교 오는 길에 어떤 일이 있었는지 아시면 정말 깜짝 놀라실 거예요. 어떤 키 작은 할아버지가 길을 건너고 있었거든요? 자, 딱 이렇게 걸으면서 말이에요."

나이 든 사람이 발을 끌며 아주 느릿느릿하게 걷는 모양을 몸소 보여 주었다.

"그래서 제가 도와드리려고 건너갔죠. 그런데 그분이 저한테 미친 듯이 화를 내시는 거예요! 얘기를 들어 보니까 제가 무슨 냉전 시대 스파이인 줄 아셨나 봐요. 결국 소리를 고래고래 지르시면서 역정을 내셨다니까요! (여기서부터는 프랑스인 또는 러시아인 말투로 소리쳤다.) '어륀 계쮜배가, 하! 다쉬 한 번 말하쥐만 너는 스파이다. 그러니….'"

"그만하면 됐다."

교장 선생님의 딱딱한 말투에 나는 입을 꾹 다물었다. 나도 모르게 그냥 그런 말이 쏟아져 나와 버렸다. 선생님의 비서는 씨익 웃으며 손으로 입을 가렸지만, 교장 선생님은 정말 요만큼도 재미있어 하지 않았다.

"안젤리카, 지금 농담 받아 줄 기분 아니다. 너희 담임 선생님한테 여태까지 일을 다 전해 들었다. 집중력이 부족한 데다 끊임없이 장난을 치는 버릇이 있더구나. 그리고 그런 상황에서 '미친 듯이'라는 표현은 쓰지 말아라. 버릇없는 말은 듣기 거북하구나."

그 말에 얼굴에 열이 올랐다.

"죄송해요, 선생님."

교장 선생님이 문을 열어 주었다.

"앞으로 계속 지켜볼 테니 조심하도록 해."

마치 탄산음료 병뚜껑을 땄을 때처럼 내 속에서 쉭 하는 소리가 새어나오는 듯했다. 이게 수치심인지 아니면 반항심인지 잘 모르겠다. 이 감정에 맞는 단어가 떠오르지도 않았다. 뭔가… 살아 있다는 기분이 마구 샘솟는 것 같았다. 모든 게 더 환해 보이고, 크게 들리고, 빠르게 느껴졌다. 나는 복도를 거침없이 내달렸다. 발에 땅이 닿는 느낌도 거의 없었다.

"안녕!"

내가 교실 문을 들어서며 큰 소리로 인사했다. 그러고는 자세를 취하고 물었다.

"다들 내가 보고 싶었나?"

담임 선생님이 얼굴을 찌푸렸다.

"안젤리카, 지각이군요. 수업 벌써 시작했답니다. 조용히 자리에 앉으세요."

자리로 가는 동안 눈동자를 되록되록 굴리니 몇 명이 웃긴 했지만, 대부분은 반응이 없었다. 순간 숨이 가빠졌다. 사람들이 웃지 않으면 마음이 불편하다. 좀 더 열심히 해 봐야겠다.

나는 오전 시간 내내 학교 사람들을 차례로 흉내 냈다. 받아쓰기 시험은 내가 아니라 존스 선생님이 봤다. 미술 시간에는 수위 아저씨가 물감과 붓을 나눠 주었다. 수학 시간에는 교장 선생님 비서가 문제를 맞혔는지 틀렸는지 도통 알 수가 없어 안절부절못했다. 친구들이 꽤 빠르게 눈치챘다. 케이마는 킥킥 웃는데, 산비는 불안해하며 말했다.

"조심해, 젤리. 너 그러다 혼나겠어."

담임 선생님은 시간이 좀 지나서야 알아차리기 시작했고, 그때까지 난 기대한 만큼 반응을 얻지 못해 안달이 난 상태였다. 그래서 장난의 강도를 높이기로 했다. 때마침 담임 선생님이 문제 풀이 과정을 직접 보여 주고 있었다.

"56을 소인수 분해하면 2^3 곱하기 7이니까 결국 이 문제의 정답은 4가 되겠지요. 모두 이해했나요?"

내가 손을 번쩍 들었다.

"네, 안젤리카."

"선생님, 도대체 무슨 생각으로 문제를 푸신 거예요? 답이 4일 리가 없잖아요. 흠, 딱 봐도 3인데."

그러고는 입꼬리를 올리며 웃어 보였다.

순간 분위기가 싸늘해졌다. 교실이 쥐 죽은 듯 조용했다. 선생님이 나를 쳐다보는데, 지친 듯 멍한 표정이었다.

그때 확실히 알았다. 이번엔 너무 지나쳤구나.

담임 선생님이 말없이 선생님 책상에 앉아 노란 종이를 꺼내고 펜을 쥐었다. 선생님이 뭔가를 쓰는 동안 반 아이들의 눈길이 느껴졌다. 산비가 책상 아래로 내 손을 잡으려 했지만 난 그 손을 홱 뿌리쳤다.

곧 선생님이 일어나 나에게 종이 한 장을 건넸다.

"이거 가지고 교장실로 가 보세요. 당장."

내가 의자를 밀며 일어서는데, 한쪽 다리가 바닥에 있던 가방과 엉켰다. 가방을 툭 밀쳐 냈더니 그 바람에 의자가 넘어져 버렸다. 누군가 낄낄대는 소리가 들렸다. 난 아주 짧은 순간 의자를 그대로 두기로 마음먹었다. 그길로 선생님과 눈도 마주치지 않은 채 종이를 받아들고 교실을 빠져나왔다.

복도에 서자마자 몸이 떨리기 시작했다. 온몸이 후들거리고 다리에 힘이 빠져서 중심을 잡으려면 벽을 짚을 수밖에 없었다. 종이가 접힌 것도 아닌데 거기에 뭐가 적혀 있는지 확인하지 않았다. 그럴 필요도 없었다. 굳이 안 봐도 이게 어떤 상황인지 잘 알겠으니까.

여태껏 선생님이 학생을 교장실로 보낸 일이 없었다. 화를 잘 참지 못하는 해리를 빼고는 아무도 없었다.

기분 좋은 일이 아니다. 교장 선생님이 종이를 한 번 보더니 실망과 짜증으로 얼굴이 어두워졌다. 그러고는 입술을 굳게 다물었다가 입을 열었다.

"앉아라."

나는 선생님 책상과 마주한 의자에 앉아 눈앞의 이상한 금속 물체를 빤히 바라봤다. 은색 공 여러 개가 얇은 줄에 하나씩 매달려 있었다. 가장 끝에 위치한 공을 들었다 놓으면, 이것이 바로 옆의 공을 탁 쳐서 결국 반대쪽 끝의 공이 튀어 올랐다. 그 공이 그대로 다시 내려오면서 처음에 들었던 공이 튕기고, 이러한 과정이 끝없이 반복됐다. 두 공 사이의 공들은 별 움직임 없이 원래 있던 자리를 지켰다. 이걸 보고 있자니 무언가 떠올랐다.

"안젤리카, 이런 식의 행동은 그만할 때도 됐다. 다른 사람을 웃기는 건 전혀 문제 될 일이 아니야. 지금처럼 계속 수업에 지장을 준다면 문제가 되지. 너희 담임 선생님은 할 만큼 하셨으니 이건 솔직히 선생님 책임으로 돌릴 수도 없는 노릇이다."

나는 계속 금속 공만 바라봤다.

"네가 주목받기를 좋아하는 것은 잘 안다. 그래도 웃기는 것과 방해하는 것은 종이 한 장 차이인데, 너는 그 차이를 우습게 봤어. 그러니 이제부터는 관두거라. 더 이상 선생님들 흉내 내지 말고, 말대꾸도 하지 마. 재미도 없고 놀랍지도 않다. 무엇보다 예의가 아니야. 너도 알다시피 우리 학교의 가치관에 어긋나는 행동이지."

내가 침울한 표정으로 고개를 끄덕였다.

"그러니까 당연히…."

교장 선생님이 한숨을 쉬며 말을 이었다.

"안타깝지만 이번 주 금요일 슈퍼스타킹 본선에 나갈 수 없다는 뜻이야."

입이 떡 벌어지고 눈이 휘둥그레졌다. 선생님을 바라보며 물었다.

"뭐라고요?"

선생님이 나를 보며 눈썹을 치켜올렸다.

"방금 들었잖니. 넌 참가 자격이 없어. 이 일이 얼마나 심각한지 이제는 좀 알아차렸겠지."

코미디 광대

바보 멍청이가

도를 넘어섰다

규칙을 어겼다

단지 멈출 수가 없어서

브레이크가 걸리지 않아서

쉼 없이 돌진했다

너무 늦었다 싶을 때까지

29

내 기분이 어떤지 잘 모르겠다. 케이마와 산비는 소식을 듣고 눈물을 흘리며 나를 여러 번 안아 주었다. 그런데 나는 눈물이 나지 않았다. 뭐랄까…, 넋이 나간 것 같았다. 거의 뭐 내가 몸을 빠져나가서 나 자신을 내려다보는 기분이었다.

"이건 해도 해도 너무하잖아! 내가 교장 선생님 찾아가서 너 본선 나가게 해 달라고 말씀 드릴 거야."

케이마가 눈물을 훔치며 성을 냈다.

물론 나나 산비나 케이마가 그러지 않으리라는 것을 잘 안다. 감히 그럴 수가 없다. 케이마뿐 아니라 그 누구도 불가능하다. 교장 선생님이 결정을 내리면 그걸로 끝이다. 단 한 번도 번복한 적이 없었다.

"나갔으면 우승했을 텐데. 네가 제일 잘하는 거잖아!"

산비가 흐느끼며 말했다.

산비 말이 맞다. 재미있는 사람인 척, 항상 명랑한 척, 뭐든 대수롭지 않은 척하는 것…. 그게 내가 가장 잘하는 것이다. 지금까지 살면서 꾸준히 연습했으니까.

레넌 아저씨는 내가 그런 걸 제일 잘한다고 생각하지 않았다. 내가 글을 쓰고, 감정을 느끼고, 표현하는 데에 소질이 있다고 했다.

아저씨 생각을 안 할 수가 없다. 나한테 일어난 일로 마음이 너무 아프다. 그래서 아무것도 손에 잡히지 않았다. 그냥 계속 공중을 둥둥 떠다니면서 내 몸뚱이가 나머지 시간을 지내는 모습을 지켜볼 뿐이다. 기계적으로 점심을 먹고, 운동장을 걸어 다니고, 오후 수업 내내 가만히 앉아 있었다. 산비는 자꾸만 내 손을 잡았다. 그게 도움이 안 된다는 사실을 알면 상처받겠지. 그래서 굳이 손을 빼내지 않았다. 산비와 케이마는 둘다·나를 보호하려는 듯 내 곁을 떠나지 않았다. 그 덕분에 나는 괜찮은 척할 필요가 없었다. 다행이다. 왜냐면 가식적으로 행동하는 방법을 모조리 잊어버린 것 같았기 때문이다.

집에 도착했을 때 엄마는 평소처럼 일을 하는 중이었다. 엄마가 나와 차를 마시려고 방에서 나오는데, 방금 전까지 운 듯했다. 오늘 하루는 어땠냐는 질문에 그냥 짤막하게 대답했다. 교장 선생님과 슈퍼스타킹에 못 나가게 된 이야기는 꺼내지

256

않았다.

창피했다.

공책을 펼쳐서 빈 종이를 가만히 내려다봤다.

쓸 말이 하나도 떠오르지 않았다.

한 단어도, 한 문장도 쓸 수가 없다.

그냥 내 속은 커다란 구멍이 난 것처럼 텅 비었다.

어쩌다 보니 화요일과 수요일이 지나가 버렸다. 다들 나를 이상한 눈으로 쳐다봤다. 내가 슈퍼스타킹에 참가하지 못하게 된 소식을 모르는 사람이 없었다. 학교에서는 소문이 참 빨리도 퍼진다. 어린애들조차 내가 누구인지, 무슨 일이 있었는지 다 알고 있었다. 윌이 내 옆을 지나면서 어색하게 말을 건넸다.

"젤리, 얘기 들었어. 정말 안됐다. 올해는 네가 우승할 거 같았는데."

나는 고개를 끄덕이며 고마워했다. 적어도 그랬던 것 같다. 사실 내 주위에서 벌어지는 일에 점점 더 집중하기가 힘들어졌다. 행동이나 말은 제대로 하고 있는 것 같긴 하다. 수업 시간에 할 일도 다 하고, 질문에 답도 하고, 꾸중 듣는 일도 없으니까 아마 내 몸뚱이는 계속 움직이고 있나 보다. 아무런 생각

없이, 아니면 영혼 없이? 어쩌면 내 영혼이 숨어 버렸거나 잠깐 몸 밖으로 나가 버렸는지도 모른다.

정말 걱정되는 점은, 나 자신이 어떤 사람인지 헷갈리면 도대체 일이 어떻게 되어 가는지 이해하기가 어렵다는 것이다.

나는 내가 어떤 사람인지 잘 안다고 생각했는데, 지금은 모르겠다. 그런데 나를 뺀 나머지는 모두 내가 이전과 똑같다고 생각한다. 수업 시간에 가끔 누군가 농담을 던지면 다들 기대에 찬 눈으로 나를 쳐다본다. 난 그냥 어깨를 들썩이고 만다. 이전의 젤리는 돌아오지 않을 것 같다.

엄마 역시 말수가 줄고 슬픔에 잠겨 있다. 그래서인지 엄마는 내가 달라진 걸 눈치채지 못했다. 아니 어쩌면 그냥 엄마와 레넌 아저씨가 헤어진 것을 슬퍼하는 탓이라 생각하는지도 모른다. 수요일에 학교를 마치고 집에 왔더니 엄마가 구석구석 청소기를 돌리고, 쿠션을 팡팡 두드리고 있었다. 그제야 할머니, 할아버지가 우리 집에서 저녁 식사를 한다던 것이 기억났다.

할머니와 할아버지는 정확히 다섯 시에 도착했다. 할아버지는 평소처럼 불평하기 시작했다. 이번에는 길에서 만난 운전자들 이야기였다. 바로 할아버지가 좋아하는 주제 중 하나다. 엄마와 할머니는 채소를 익힌다는 핑계로 자리를 피했고, 나는 방금 전 청소한 거실 바닥에 멍하니 앉아 할아버지의 길고 긴 이야기를 듣는 둥 마는 둥 했다.

"아니 그 여자가 추월 차로에 들어앉아서 주야장천 시속 80킬로미터로 달리지 뭐야. 상향등으로 눈치를 줘도 꿈쩍을 않더군. 주행 차로가 텅텅 비어 있는데도 말이다!"

마침 할아버지는 내가 아는 도로를 이야기했다. 그곳의 제한 속도가 시속 80킬로미터인데, 그 사실을 굳이 짚어 주진 않았다. 할아버지에게 제한 속도란 다른 사람에게나 해당하는 문제이기 때문이다.

"그래서 내가 그 여자를 앞지르려고 주행 차로로 옮겨 가는데, 아니, 난데없이 그 여자가 내 바로 앞으로 비집고 들어오는 게 아니냐! 하마터면 들이받을 뻔했지. 멍청한 여자 같으니라고."

할아버지가 고개를 홰홰 내저었다.

"여자 운전자들은 위험하기 짝이 없어."

그 말에 나는 크게 한숨을 내쉬었다.

"고양이가 네 혀를 물고 가기라도 했냐?"

"고양이요? 왜 고양이가 제 혀를 물고 가겠어요?"

할아버지가 코웃음을 쳤다.

"그거야 나도 모르지. 그냥 속담 같은 말이다. 네가 너무 조

259

용하다는 소리야."

"음, 할아버지가 저한테 말할 기회를 별로 안 주시잖아요."

내가 차분한 목소리로 말했다. 아니, 말했다기보다 말이 저절로 튀어나왔다.

그러자 할아버지가 나를 한동안 뚫어지게 쳐다보고는 눈을 가늘게 떴다.

"요 맹랑한 것 좀 보게. 꼬박꼬박 말대답하기나 좋아하고 말이야. 예의가 없어. 그게 네 문제다. 요즘 어린것들은 다 거기서 거기구먼."

나는 꿈을 꾸듯 생각에 잠긴 채 입을 열었다.

"어리다고 다 똑같지 않아요. '어린것들'이라는 게 실제로 존재하지도 않고요. 그 말은, 나이든 사람이 전부 어떻다고 얘기하는 거나 마찬가지예요. 아니면 모든 백인이 어떻다든가, 모든 중년층 남자가 어떻다든가 하는 것 말이에요."

내 입가에 살짝 미소가 번졌다. 내 주위에 찌릿한 기운이 감도는 걸 알 수 있었다. 무언가 위험한 불꽃이 톡톡 튀는 느낌이었다.

잠시 정적이 흘렀다. 이내 할아버지가 다짜고짜 부엌을 향해 소리치는 바람에 난 화들짝 놀랐다.

"알린! 네 애가 오늘 좀 이상하구나. 어디 아프기라도 한 게

260

나?"

엄마가 손에 감자와 작은 칼을 쥔 채 다가왔다.

"네? 그게 무슨 말씀이세요?"

할아버지가 엄지로 나를 척 가리켰다.

"엉뚱한 소리를 하지 않냐. 뇌에 이상이 생긴 사람처럼 말이다."

"무슨 얘기를 했는데?"

엄마가 당황해서 내 쪽으로 몇 걸음 다가왔다.

나는 고개를 들어 엄마를 보고 살짝 웃고는 조용히 말했다.

"아무 일 없어요. 그냥 할아버지도 때로 오해할 수 있다고 알려 드린 것뿐이에요."

할아버지의 얼굴이 점차 붉어졌다. 이 상황에서 한발 물러나 보니 내 주변에서 작은 불꽃의 수가 늘어나고 있었다. 할아버지는 화가 나는 눈치였지만 난 신경 쓰지 않았다.

"네 자식 예절 교육 좀 받아야겠구나. 힐러리, 안 그래도 내가 늘 얘기했잖소."

할머니는 이제껏 그림자처럼 문 주위를 서성이다가 할아버지가 부르는 소리에 흠칫 하고 한 걸음 물러섰다.

할아버지가 와인 잔을 내려놓고, 소파 앞쪽으로 몸을 움직이며 말을 이었다.

"그게 문제야. 가정교육을 제대로 안 한 탓이지. 알린, 너는 엄하게 가르친 적도 없잖냐. 저 말버릇 하나 못 고치고! 게다가 허구한 날 우스꽝스럽게 다른 사람 흉내나 내고 말이다. 무례하고, 좋을 거 하나 없는 행동이야. 이 집에 남자라도 있었으면 벌써 바로잡았을 거 아니냐! 나는 너한테 절대 저런 식으로 말하게 둔 적이 없다."

"네, 없었죠."

엄마가 낮은 목소리로 속삭이듯 말했다.

나는 할아버지를 똑바로 쳐다봤다.

"할아버지는 다른 사람에게 거침없이 말하면서 정작 사람들 말은 듣지를 않으세요. 할아버지가 어떻게 말씀하시는지 직접 들어 볼 수 있다면 좋을 텐데 말이에요."

할아버지가 벌떡 일어났다.

"이 못된 계집애, 당장 사과하지 못해!"

할아버지는 소리치며 바닥을 가리켰다. 내가 무릎이라도 꿇어야 할 분위기였다.

"사과할 때까지 내 기다릴 참이다."

"젤리…."

엄마의 목소리가 너무 작아 겨우 들릴 정도였다.

한편 아주 작은 점들이 번쩍이며 나를 둘러싸고 움직이는 것이 꼭 내 주위로 번개가 치는 듯했다. 그러다 돌연 거대한 파도를 이루어 나를 파고들었다. 갑자기 맥박이 빨라지고, 발이 움찔거리고, 심장이 요동치고, 머리가 맑아지면서 단 한 가지만이 분명해졌다. 무엇이 옳으며 무엇을 말해야 하는지.

나는 두 발로 버티고 섰다. 무언가 나를 단단히 지탱하는 느낌이 들었다. 마치 바닥의 기운이 내 몸속으로 흘러들어서 내 머리를 지나 위로 솟구치는 것 같았다.

"사과하지 않을 거예요."

내가 할아버지에게 말했다. 그냥 몸에서 기계적으로 흘러나오는 게 아니라 정말 나 자신이 하는 말이었다.

"할아버지는 저에게 단 한 번도 사과한 적이 없는걸요. 저만 보면 제가 어떻다, 어떻게 생겼다, 뭘 먹는다 등 늘 흠 잡기 바쁘시잖아요. 상처 주는 말을 자주 하시는 거 보면 할아버지는 그걸 즐기시는 것 같아요. 사람들 속이 상하면 좋으신 거죠. 엄마나 할머니한테도 그러시잖아요. 그럼 두 분은 겁이 나서 아무 말씀 못 하시고요. 그런데⋯."

나는 할아버지의 가늘고 사나운 눈을 똑바로 쳐다보며 말을 이었다.

"저희 엄마만큼 좋은 엄마도 없을걸요. 저한테 아낌없이 다 주셨거든요. 그래서 전 알아요. 할아버지가 틀리신 거고, 할아버지가 매정하신 거고, 전 할아버지가 겁나지 않는다는 걸요."

할아버지가 한 발짝 내딛더니 손을 번쩍 들어올렸다. 그 손
이 바로 내 옆머리에, 아니 보이지도 않을 만큼 재빨리 내 머
리를 감싼 팔에 떨어졌다. 엄마가 팔을 맞고 아픔을 참지 못해
소리칠 정도였다. 이제 엄마는 내 앞에, 그러니까 나와 할아버
지 사이에 섰다. 엄마의 창백해진 손이 바들거렸다. 이런 모습
은 처음 보는 것 같다. 엄마의 가슴속에 시퍼런 불이 이글거리
는 듯했다.

"제 딸에게 손대지 마세요. 오늘은 제 아이 때릴 생각 마세
요. 아니, 앞으로도 쭉 그런 생각은 하지도 마세요."

엄마는 얼음처럼, 돌처럼, 다이아몬드처럼 매우 단단하게
말했다.

"저 버릇을 단단히 고쳐 놔야 해! 네가 예의범절을 가르쳐야
지! 넌 항상 마음이 약해 빠져서 문제다!"

엄마의 목소리가 분노로 떨리기 시작했다.

"맞아요. 저도 언니처럼 좀 더 똑 부러지게 행동할 걸 그랬
어요. 진작부터 아버지한테 대들기도 하고 말이죠. 저야 평생
을 아버지 앞에서 기도 못 펴고 지냈지만 제 딸은 그렇게 두지
않을 거예요. 제 가족을 함부로 대하실 거라면 나가시는 게 좋
겠어요."

할아버지는 어처구니가 없다는 듯 웃음을 흘렸다.

"네 가족이라니. 나야말로 네 가족 아니냐."

그때 앙칼진 소리가 집 안에 울리기 시작했다. 연기 감지기였다.

"냄비!"

할머니가 겁에 질린 목소리로 다급하게 외쳤다. 다들 갑작스런 상황에 정신이 없었다. 엄마는 할머니를 따라 뛰어가고, 난 쿠션을 집어 곧장 복도로 가서는 감지기의 정지 버튼이 눌릴 때까지 몇 번이고 던졌다.

할머니가 작은 냄비에 물을 부을 때쯤 엄마는 창문을 열었고, 귀를 때리던 소음이 멈췄고, 할아버지는 코트를 걸치고 차키를 쥔 채 현관문을 열었다.

"힐러리."

할아버지가 할머니를 부르고 나서 나가 버렸다.

할머니는 걱정스러운 얼굴로 나와 엄마를 바라봤다. 누구도 말이 없었다. 할머니가 우리 둘을 안아 주고는 집을 나섰다.

그리고 문이 닫혔다.

30

"음…, 흠…."

엄마가 말을 잇지 못하고 자꾸 마른침을 삼켰다.

집 안에 냄비 타는 냄새가 진동을 했고, 혀가 아렸다. 나는 내 손을 내려다봤다. 방금 전과 같은 힘은 느껴지지 않았다. 그 대신 혈관에 밀물과 썰물이 드나들며 피부 아래서 피가 조용히 흥얼거리는 듯했다. 난 놀라서 손을 뒤집어 손바닥을 살폈다. 방금 무슨 일이 일어난 것인지는 잘 모르겠지만, 내 영혼이 다시 몸속으로 돌아온 기분이었다.

뒤에서 뭔가 이상한 소리가 들려서 엄마 쪽을 돌아봤다. 어깨가 들썩이고, 얼굴은 하얗게 질리고, 볼에는 눈물이 강을 이룰 만큼 주르르 흘러내렸다. 엄마는 바닥에 쓰러지지 않으려고 벽에 몸을 기댔다.

"엄마…."

엄마를 부축하려고 다가갔다.

함께 소파에 앉아서 내가 엄마의 손을 잡아 주었다.

"엄마가 구해 주셨어요. 할아버지가 절 때리려고 했는데, 엄마가 구해 주셨어요."

"당연히 그래야지. 누구든 널 다치게 두지 않을 거야. 내 딸이잖아."

"엄마는 괜찮아요?"

바보 같은 질문이었지만 달리 뭐라고 해야 할지 몰랐다.

엄마가 희미하게 웃어 보였다.

"아, 모르겠어. 응. 아니, 안 괜찮은 것 같기도 하고. 하나같이 다 조금씩 충격적이었어. 정말 한 번도 할아버지한테 반항한 적이 없었거든. 언니만 그랬지. 그리고 이제는 너도….'

엄마가 내 머리를 쓰다듬으며 덧붙였다.

"깜짝 놀랐어. 강하면서도 침착하고 현명해서 말이야. 그리고 전부 맞는 말이었지…. 나도 좀 너 같았으면 좋았을 텐데."

난 입이 다물어지지 않았다.

"저요? 저 같으면요? 왜요?"

말까지 더듬거렸다.

"넌 아주… 야무지잖아. 어떤 상황이든 헤쳐 나가고, 중요하지 않은 일은 훌훌 털어 버리고, 지나치게 신경 쓰지 않잖아.

남들에게 휘둘리지 않지."

난 그저 어안이 벙벙해서 엄마를 바라보고만 있었다. 엄마
는 모른다. 하긴 모를 수밖에 없다. 내가 지금껏 엄마를 속이
고, 다른 사람들도 똑같이 속였으니까.

가끔은 중요한 순간을 알아차릴 때가 있다. 팽팽한 줄 위에
서서 선택을 해야 한다. 보기 1번, 보기 2번…. 보기가 얼마나
많을지 누가 알 수 있을까. 그중에서 틀린 보기를 고르면 미끄
러져 떨어질 뿐 아니라 다시는 줄 위로 올라갈 수 없다. 맞는
보기를 고르면…, 한 발… 또 한 발… 내디디면서 결국 목적지
에 다다를지 모른다.

"엄마한테 보여 드릴 게 있어요."

자리에서 일어나 내 방으로 가 공책을 들고 왔다. 다시 엄마
옆에 앉고는 엄마의 무릎에 공책을 내려놓았다.

"이게 뭐야?"

엄마가 공책을 펼치며 물었다.

엄마는 책장을 넘기며 읽다가 숨을 쉬었고, 나도 엄마 옆에
서 읽다가 숨 쉬기를 반복했다. 나의 말과 속마음과 분노와 눈
물이 공책 한 장 한 장에 담겨 있었다. 이따금 보이는 낙서는
그저 구불구불한 선에 지나지 않지만, 왠지 거기에도 남아 있
는 듯했다.

"아, 젤리, 정말이지…, 이런 기분이 들었을 줄은 전혀 생각 못 했어. 어떤 건 잔뜩… 화가 나 있고, 아픈 게 느껴지는데, 그동안 왜 엄마한테 얘기 안 했어?"

"안 하는 게 더 쉬웠거든요."

그냥 간단하게 말했다.

엄마의 눈길은 사랑과 음악이 꿀과 얼음 같다는 시에서 멈췄다. 엄마가 잠시 훌쩍이다 얼굴을 훔치고는 말했다.

"맞아. 정말 딱 이런 기분이었지. 우리 젤리, 어쩜 이렇게 똑똑할까."

나는 레넌 아저씨가 곡을 만들어 준 시가 나올 때까지 책장을 넘겼다. 엄마가 시를 읽고서 당황한 얼굴로 나를 쳐다봤다.

"이거 레넌 노래잖아."

"아니, 제 노래예요. 제가 쓴 시에 아저씨가 곡을 써 주셨죠. 이 노래를 슈퍼스타킹에서 부를 생각이었어요. 아저씨가 기타 연주를 해 준다고 했고요."

엄마가 눈썹을 찡그렸다.

"아, 우리 딸, 정말 미안해. 엄마가 다 망쳐 버렸네."

내가 두 팔로 엄마를 끌어안으며 말했다.

"망친 채로 둘 필요 없잖아요. 엄마가 다시 되돌리면 안 돼요?"

269

엄마가 한숨을 푹 내쉬더니 자세를 고쳐 앉았다.

"젤리, 레넌은 날 만나고 싶지 않을 거야. 다들 결국에는 그러더라고."

"근데 레넌 아저씨는 엄마를 정말 좋아했잖아요. 도대체 무슨 일이 있었던 거예요?"

"아무 일도 없었어."

엄마가 웃는 둥 마는 둥 말을 이었다.

"그 사람은 정말 나무랄 데 없는 사람이지. 자상하고, 사려 깊고, 재능 있고, 멋있고, 다정하고…."

"그래서 이해가 안 돼요. 엄마는 그런 사람을 만나고 싶었던 거 아니었어요?"

"나한테 너무 과분한 사람이야. 아, 젤리, 그 사람이 왜 나를 만나고 싶겠어. 특별한 것도 없는데. 일이 잘못되기 전에 내가 먼저 정리하는 게 낫지."

내가 답답한 마음에 소리쳤다.

"특별한 게 없어요? 특별한 게 없다고요? 엄마가 안 특별한 데가 어딨어요! 엄마야말로 자상하고, 사려 깊고, 일도 열심히 하고, 용기 있고, 예쁘고…."

엄마가 웃었다.

"너야 내 딸이니까 그렇게 생각할 수 있겠지. 근데 항상 보면 내가 어느 순간 잘못을 저지르고, 그러다 어느새 다들 나한테 질리고… 결국 떠나. 하나같이 다 떠나."

"레넌 아저씨는 달라요."

내가 딱 잘라 말했다.

"맞아. 더 좋은 사람이지. 훨씬 좋은 사람이야. 그래서 더 이상 관계를 망치고 싶지 않아."

왜 그럴 때 있지 않나. 누군가의 말을 듣고 속에서는 '악!' 하는 소리가 절로 나올 듯 하지만 상대방이 속상할까 봐 입 밖에 내지 못하는 순간. 난 당장 소리 지르고 싶었다. '근데 엄마가 전부 다 망쳤잖아요!' 물론 이렇게 말해 봤자 아무런 도움이 되지 않을 테니까 난 그저 입술을 꾹 다물고 이제 뭐라고 말하면 좋을지 생각해 내기 위해 매우 열심히 머리를 굴렸다.

"엄마."

엄마를 부르고 나서도 무척이나 조심스레 말을 골랐다.

"레넌 아저씨가 나한테 뭐라고 했는 줄 알아요? 엄마는 영혼이 아름다운 사람이라고 했어요. 엄마가 예쁘다거나 늘씬하다거나 그런 얘기를 하지 않았어요. 엄마의 마음이 아름답다고 했다고요. 아저씨는 다른 사람들처럼 겉모습만 보는 게 아니에요. 아저씨는 엄마를 봤고, 또 나, 진짜 나를 봤어요. 내가 여태까지 계속 숨겼는데도 알아봤다고요. 레넌 아저씨 덕분에

271

내가 단순히 웃기기만 한 사람이 아니라 더 나은 사람, 더 강한 사람이 된 것 같았어요. 그리고 엄마도 아저씨 덕분에 웃었잖아요. 그러니까 크리스 아저씨랑 있을 때처럼 가식적인 웃음 말고, 제대로 웃었단 말이에요."

엄마가 깜짝 놀란 듯 물었다.

"내가 그랬어?"

"네. 엄마, 레넌 아저씨 덕분에 우리는… 진심으로 행동할 수 있게 된 거예요. 다 아저씨 덕분이라고요."

엄마는 고개를 숙여 물끄러미 손을 바라보다가 긴 한숨을 내쉬었다.

"내가 너무 바보 같은 짓을 저질렀나?"

"네, 진짜로요. 사실 정말 멍청한 짓이죠. 미련퉁이 같아요."

엄마가 콧방귀를 뀌며 웃다가 나를 바라봤다.

"안젤리카, 내 딸, 사랑해."

"저도 엄마 사랑해요. 아저씨한테 문자 보내 봐요."

"아, 안 돼."

"보내요."

"뭐라고 보내야 할지 모르겠어."

"그냥 실수였다, 미안하다, 이렇게 말해 봐요."

이 말을 하면서 문득 케이마와 산비가 떠올랐다. 나도 내 친구들에게 어떤 기분인지 털어놓았더라면 좋았을걸. 툭 터놓고 이야기할 걸 그랬다. 내 친구들이니까 곁에서 힘이 되어 줄 것이다. 내일 가서 몽땅 말해 줘야지. 내가 쓴 시도, 꽁꽁 감춰 둔 두려움도 전부 다.

엄마가 손을 뻗어 휴대폰을 들고 떨리는 손으로 자판을 눌렀다. 그렇게 문자 메시지를 보낸 뒤 우리는 답이 오기를 기대했다.

아무 일도 일어나지 않았다.

휴대폰은 줄곧 조용했다.

엄마가 떨리는 목소리로 웃으며 말했다.

"우리 언제까지 여기에 이렇게 앉아만 있을 거야?"

그때 갑자기 내 배가 요동쳤다.

"우리 저녁 안 먹었죠?"

내가 놀라서 물었다.

"맞다! 오븐에 고기 넣어 뒀는데 여태 잊고 있었네! 아, 지금쯤 다 탔겠다. 못 먹겠는데."

우리는 통조림 스파게티를 토스트에 얹어서 치즈를 뿌려 먹으며 레넌 아저씨의 답을 기다렸다.

휴대폰은 줄곧 조용했다.

째깍째깍 몇 분이 지날수록 점점 더 피곤해졌다. 엄마는 할머니, 할아버지 이야기를 꺼내지 않았다. 물론 나도. 두 사람에 관해서 딱히 할 말도 없었다. 우리 둘은 그냥 아저씨의 연락을 받고 싶을 뿐인데, 끝내 전화는 오지 않았다.

나는 잠옷으로 갈아입고 세수를 했다. 그리고 이를 닦는데 문자 메시지 수신음이 들렸다. 나도 모르게 치약을 삼키고는 단숨에 거실로 달려갔다.

"뭐래요, 뭐래요?"

입에서 보글보글 소리가 나고, 목도 살짝 막혔다.

엄마는 하마터면 메시지를 지울 뻔했다. 엄마의 손이 또다시 떨렸다.

"레넌이…, 레넌이 고맙대. 그리고 내일 다시 연락 주겠대."

그러고는 나를 빤히 봤다.

"그게 다예요?"

실망이다. 왠지 아저씨는 엄마를 용서하겠다고, 지금 거기로 가는 길이라고 할 줄 알았는데…. 내가 잠시 동화가 실제로 일어날 수 있는 일이라고 착각했나 보다.

"기다려야지. 그게 정말 당연해."

엄마가 자꾸만 눈을 깜빡였다. 이윽고 촉촉해진 눈으로 나를 보며 밝게 웃고는 덧붙여 말했다.

"우리 멋진 딸, 이제 방에 가서 푹 자. 엄마는 네가 있어서 얼마나 다행인지 몰라. 나한테는 네가 태어난 게 가장 큰 행운이야."

"엄마, 사랑해요."

"젤리, 사랑해."

31

아침에도 더 이상의 메시지는 없었지만, 마음은 차분했다. 어제 하루는 참 대단했다. 실제로 그런 일이 있었다니 믿기 힘들 정도다. 내가 할아버지에게 대들었고, 엄마가 날 보호하기 위해 말 탄 백기사(백마 탄 기사인가?)처럼 하던 일을 제쳐 두고 한달음에 달려왔다.

어제가 고비였던 것 같다. 말하자면 그동안 내 영혼이나 감정은 여기저기 아무렇게나 흩어져서 둥둥 떠다닐 뿐이었는데, 이제 전부 내 안으로 다시 들어와서 새로운 무늬를 만들어 낸 것 같다. 새로운 젤리가 만들어진 것이다.

엄마에게 시를 보여 주길 잘했다. 누군가가 나와 똑같은 것을 걱정하고 있었다니 정말 웃기지 않나? 엄마는 스스로 부족한 점이 많아서 레넌 아저씨와 어울리지 않는다고 생각했다.

나는 덩치가 커서 진짜 단 한 번도… 이 세상과 어울린다고 생각한 적이 없었던 것 같다. 우리 둘 다 겁이 나서 누구에게도 속마음을 드러내지 않았다. 그런데 이제…, 이제는 아니다. 적어도 이전처럼은 아니다. 학교에 가려고 집을 나서는데 마음이 이상하게, 명상이라도 하는 것처럼 고요했다.

운동장에서 산비가 보이기에 다가가 말을 걸었다.

"산비, 너한테 할 말이 있어."

그 말을 듣자마자 산비는 걱정스러운 얼굴이 되었다.

"뭔데?"

저쪽에서 케이마가 달려오면서 아침에 훌라가 어쩌고저쩌고 불평을 늘어놓았다.

"쉿! 젤리가 할 말 있대."

산비답지 않은 행동이었다.

케이마가 나를 돌아봤다.

"뭐?"

난 둘에게 말해 주었다. 몸무게가 고민이다, 사람들이 하나같이 나보다 날씬해서 가끔 너무 신경이 쓰인다, 혹시 내가 속상한 티가 날까 봐 선수를 쳐서 농담을 던진다, 우리 엄마와 아주 잘 어울리는 남자 친구가 가족이 될 뻔했다, 난 아빠가 생기는 줄 알고 진짜 좋아했는데 일이 틀어져서 슬프다. 그리

277

고 집에서 시를 쓰는데 지금껏 누구에게도 보여 줄 엄두가 안 났다.

귀 기울여 듣다가 종이 울리자 케이마와 산비가 한마디씩 했다.

"아, 젠장."

"젤리, 하던 얘기 계속해 봐."

우리는 학교로 들어가며 어깨동무를 했다.

교실에 들어서니 이야기할 시간이 그리 많지는 않았다. 곧 담임 선생님이 출석을 부르고 수업이 시작된 탓이다. 그래도 산비는 내 손을 꼭 잡았고, 케이마는 숙제를 걷으려고 지나가면서 나를 안아 주었다. 그런 자그마한 배려가 정말로 도움이 되었다. 쉬는 시간이 되어 내가 조금 더 이야기를 하고, 둘은 들어 주었다. 베리티가 우리 옆을 지나다가 내가 속상해하는 모습을 보더니 비웃음을 날렸다. 그걸 보고 케이마가 벌떡 일어나 싸움을 거는데 나는 웃음이 나면서도 이상하게 뿌듯하고 고마운 마음이 들었다.

"우아, 그건 진짜…. 우아."

산비는 이 말만 벌써 여러 번 반복했다.

"나한테도 시 보여 줄 수 있어? 네가 쓴 것 중에 웃긴 시도 있는 거야?"

케이마가 물었다.

"음…, 사실 그런 건 없어. 대부분 좀 슬퍼하거나 화내거나 혼란스러워하는 내용이야."

"아, 그럼 노래로 만든 시는 어때?"

내가 웃으며 답했다.

"그것도 약간 슬퍼. 행복하지도 않으면서 행복한 표정을 짓는다는 내용이야."

"어, 나도 가끔 그래."

산비의 말이 뜻밖이었다.

"정말?"

"음…."

산비가 나를 보다가 케이마를 보더니 말을 이었다.

"다들 그렇지 않아? 우리 국어 시간에 봤던 시 있잖아. 거기서 말하는 행복한 표정은 가면이었지."

산비가 조금 쓸쓸한 미소를 짓고는 덧붙였다.

"우리 부모님이 최근에 자주 다투시는데 너무 겁이 나…. 근데 뭐가 두려운지는 잘 모르겠어. 나도 시를 한번 써 봐야겠다."

내가 산비를 안아 주었다.

"너도 써 보면 도움이 될 거야. 어떡해. 듣기만 해도 힘들었겠다."

그때 대뜸 케이마가 고백했다.

"난 홀라한테 질투가 나. 난 항상 느끼는 대로 말한다고 했던 거 기억하지? 정확히 말하면 그렇지도 않아. 홀라는 팔이 불편하다는 이유로 뭐든 특별 대우를 받잖아. 그래서 맨날 맛있는 간식 같은 것도 더 많이 받고 말이야. 가끔은, 나도 그때 사고를 당했으면 사람들이 특별하게 대해 줬을 텐데 하는 생각도 해."

케이마의 얼굴이 붉어졌다.

"그런 걸 바란다니 참 못났지? 나도 부끄럽게 생각해."

산비와 내가 케이마를 안아 주었다.

"네가 시를 쓰면 화가 잔뜩 담겨 있겠다."

나의 말에 케이마가 웃었다.

"응, 진짜 그렇겠어."

그리고 산비가 제안했다.

"너 이 이야기 교장 선생님께도 말씀 드려 봐. 너한테 그동안 무슨 일이 있었는지 아시면 슈퍼스타킹에 다시 나가게 해 주실 거야."

내가 어깨를 으쓱했다.

"괜찮아. 성대모사를 하고 싶지도 않고, 레넌 아저씨도 없는

280

데 노래를 할 수도 없고. 게다가 본선이 내일 저녁이잖아. 어차피 연습이든 뭐든 할 시간도 없을 텐데, 뭐."

둘은 고개를 끄덕였다.

"그럼 나도 그냥 가지 말아야겠다. 너 응원하러 가는 게 아니면 딱히 갈 이유가 없어."

케이마의 말을 듣고 산비가 내 팔을 잡았다.

"거기 가는 대신에 다른 거 하면 되잖아. 누가 장기 자랑 대회 필요하대? 우리한텐 친구가 있는걸."

정말 유치한 말이긴 해도 산비가 그렇게 말해 주어 기뻤다.

그날 오후 나는 우리 집 문을 밀어젖히고 들어갔다.

"엄마! 엄마, 아저씨한테 연락 왔어요?"

엄마가 방에서 나오는데 통화 중이라 내게는 '조용히 해.' 하는 얼굴을 보였다. 그러고는 휴대폰에 대고 말했다.

"응, 괜찮아. 다음 주 화요일이라면. 그전에 못 보내 줘서 미안한데, 내 맘대로 할 수 있는 문제가 아니…. 응…, 응, 좋아. 그래, 그럼…. 응, 들어오면…. 알았어. 또 연락할게!"

엄마가 전화를 끊었다.

"왔어?"

내가 엄마를 꽉 안으며 물었다.

"아저씨한테서 메시지 왔어요?"

"아니."

내가 살짝 뒷걸음쳤다.

"뭐라고요? 아무 연락도 없었어요?"

"응. 내가 또 한 번 메시지를 보냈는데, 그냥…, 아, 진짜 별말 아니었어. 근데 여태… 답이 없네."

엄마는 그래도 힘을 내려는 듯한 표정을 짓고서 덧붙였다.

"내 생각엔 그냥 받아들여야 할 것 같아…. 돌아오지 않을 거야."

난 털썩하고 식탁 의자에 주저앉았다.

"아아, 그거… 정말….“

"그래, 어떤 기분일지 알아. 차 한잔 마실래?"

"네, 좋아요."

오늘은 25도이지만 그래도 우리는 차를 마신다. 그런 건 아무래도 상관없지 않나?

엄마가 부엌으로 가다가 휴대폰이 띠링 하고 울리는 소리에 한숨을 쉬었다.

"또 언니일 거야. 어제 할머니한테서 전화가 왔다는데, 많이 속상하신 모양이야. 나도 정말이….“

엄마의 말이 뚝 끊기고 숨이 턱 막히는 소리가 들렸다.

"왜요?"

내가 외쳤다.

"그 사람이야."

내가 벌떡 일어났다.

"레넌 아저씨요?"

"응. 그 사람이, 아, 근데 이게 좋은 건지 나쁜 건지 모르겠다. 젤리, 이게 무슨 소릴까?"

엄마가 휴대폰을 들어서 내게 메시지를 보여 주었다.

오후 7시. 킹스암스. 젤리와 함께.

나는 멀뚱히 보고만 있었다. 어른들 마음은 진짜 알다가도 모르겠다. 내가 하고 싶은 말은 이거라고 왜 얘기를 못하지? 그러고 보니 그건 나도 잘 못 하는 것 같다. 사람이란 참 어렵다. 다들 일을 복잡하게 만들기를 무척이나 좋아한다.

물론 우리는 그곳에 갔다. 가기 전에 엄마는 횡설수설하고, 열쇠도 떨어뜨리고, 지갑도 깜빡하고, 막 집을 나서려는데 하늘거리는 스카프가 문에 끼이는 바람에 엄마가 다시 들어가 거의 똑같이 생긴 스카프를 두르고 나왔다.

사랑에 빠지면 다 이렇게 되나? 그렇다면 레넌 아저씨와 사랑하는 사람이 내가 아니어서 얼마나 다행인지 모른다. 우리 엄마는 어디 가고 웬 바보 같은 사람이 와 있다. 난 계속해서 이 말을 반복할 수밖에 없었다. "괜찮아요, 엄마. 할 수 있어요." 엄마가 내 손을 꽉 잡았다.

여름날 목요일 저녁은 따스해서 킹스암스를 찾은 사람이 정말 많았다. 다들 맥주를 들고 문 밖에 여기저기 서 있어서 입구가 막혀 있었다. 어린애는 나뿐인 것 같아 마음이 불편했다. 레넌 아저씨는 왜 엄마더러 날 데려오라고 했을까? 둘이서만 보는 게 더 낫지 않았을까?

그때 음악소리가 들렸고, 그제야 이유를 알았다.

아저씨가 속한 밴드가 연주하는 소리였다. 엄마는 내 손을 꽉 잡고서 사람들 틈을 비집고 앞쪽으로 나아갔다.

밴드는 세 명이 다였다. 레넌 아저씨가 기타를 연주하며 노래하고, 여자가 콘트라베이스, 남자가 드럼 연주를 맡았다. 꽤 좁은 자리에 꽉 들어찬 걸 보니 셋뿐이어서 오히려 다행인 것 같다. 보기만 해도 숨이 막혔다.

밴드가 보일 정도로 가까이 갔을 때쯤 노래가 끝이 나고 박수 소리가 드문드문 들려왔다.

"감사합니다."

레넌 아저씨가 말하고는 우리를 봤다. 음, 정확히 말하자면 엄마를 봤다. 물론 나도 같이 있는 줄 알았겠지만 나를 쳐다보진 않았다. 아저씨가 큼큼 목을 가다듬었다.

"다음은… 신곡입니다. 사실 공연도 이번이 처음이에요. 제대로 보여 드릴 수 있으면 좋겠네요."

아저씨가 베이스와 드럼 연주자를 보며 활짝 웃었다.

"오늘 공연할 곡으로 급히 추가하게 되었는데요, 지금 이곳에 계신 아주 특별한 분을 위해 준비했습니다."

그 말에 사람들의 눈길이 일제히 우리 쪽으로 쏠리는데 정말 불편해서 혼났다. 엄마가 얼굴이 발개져서는 내 손을 있는 힘껏 쥐는 통에 순간 움찔했다.

연주가 시작되었다. 이렇게 더운 여름밤인데도, 다들 마시며 떠들러 이곳에 왔을 텐데도 관객은 물을 끼얹은 듯 조용했다. 그만큼 푹 빠져 들으며 느끼게 되는 노래였다. 누구 하나 빠짐없이 눈을 떼지 못하고 귀를 기울였다. 건장한 팔뚝에 문신을 새긴 남자들도 카운터 근처에서 지켜보고 있었다.

레넌 아저씨의 목소리는 힘이 있고, 감정에 젖어 있어서 내가 다 쑥스러워질 뻔했다. 우리 집 거실에서 들려오는 노래를 혼자 듣는 것과 공개된 자리에서 모르는 사람들과 함께 듣는 것은 전혀 달랐다.

당신 곁에서 난 더 크고 강한 사람이 되어요

더 나은 사람이 되고 간절히 바라게 되죠

당신을

당신만을

연주 소리가 잦아들자 환호성이 터져 나오는데 간이 떨어질 뻔했다. 레넌 아저씨가 고개를 끄덕이며 사람들에게 감사를 표하고는 입을 열었다.

"여러분, 잠시 쉬어 가겠습니다. 괜찮죠? 5분 후에 다시 시작하죠."

아저씨가 기타를 내려놓고서 사람들 사이를 빠져나와 우리에게 다가왔다. 다들 다시 떠드는 척했지만 여기저기서 힐끗힐끗 훔쳐보는 시선이 느껴졌다.

레넌 아저씨가 엄마 앞에 서서 말했다.

"알린, 안녕? 젤리도 잘 지냈니?"

"안녕하세요?"

내가 반사적으로 답했다.

"할 얘기가 있다고 했죠?"

아저씨가 엄마에게 물었다.

"실은 없어요."

286

엄마의 말에 나는 답답해서 빽 소리치고 싶은 걸 간신히 참았다. 또 이런 식이다!

그런데 알고 보니 그게 아니었다. 이야기를 하는 대신 엄마는 레넌 아저씨에게 키스했다. 바로 그 자리에서, 술집 한가운데서, 사람들 앞에서 키스를 했다.

맙소사, 너무 부끄럽다.

어디에 눈을 둬야 할지 몰라 바닥을 뚫어지게 보다가 문을 보다가 사람들 몇 명을 봤는데, 엄마와 레넌 아저씨를 보며 환호하고 있었다. 그러니 내 노력은 별 소용이 없었다. 물론, 둘이 다시 만난다는 의미이므로 당연히 기뻤다. 그래도 솔직히 지금 다들 쳐다보는 이곳이 아니었으면 하고 바랐다.

그냥 밖으로 나가서 기다려야 하나 생각하는데 레넌 아저씨가 내게 손을 내밀며 웃음을 지었다.

"젤리, 무대에 올라서 마음을 드러내면 어떤 일이 벌어지는지 잘 봤지?"

내가 홀가분한 기분으로 답했다.

"환호 소린 좋아요. 근데 누가 저한테 키스하려고 하면 엉덩이를 뻥 차 버릴 거예요."

아저씨가 웃었다.

"좋아. 그런데 말이야, 이런 일은 나도 처음이야."

그러고는 엄마의 반짝이는 얼굴을 내려다보며 덧붙였다.

"이게 마지막이 아니면 좋겠다."

"왝왝. 제발 참아 주세요. 안 그럼 저 토할 거 같아요."

"미안."

아저씨가 또 웃었다.

"그동안 잘 지냈어요? 둘 다 와 줘서 정말 다행이에요. 이제 약속대로 내일 장기 자랑 대회에서 반주를 해 줄 수 있겠네요."

아저씨가 내 실망한 표정을 보고는 물었다.

"무슨 일 있어?"

32

금요일 아침 레넌 아저씨와 엄마가 나와 함께 학교에 갔다.
나는 교실로 가고 그 사이 둘은 교장 선생님을 만날 수 있는지
물었다.

나는 담임 선생님의 말에 도저히 집중할 수가 없다. 스와힐
리어로 말하는 것도 아닌데 단 한 마디도 귀에 들어오지 않았
다. 그때 문 쪽에 교장 선생님의 비서가 보였고, 심장이 두근
거렸다.

"수업 중에 죄송하지만, 교장 선생님께서 안젤리카 학생을
잠깐 보자고 하셔서요."

담임 선생님이 놀란 눈치였다.

"가 보세요."

내가 문으로 걸어가자 모두 나를 빤히 쳐다봤다. 내가 왜 교

장실에 불려 가는지 궁금하겠지. 비서 선생님을 따라 가는데 심장이 빠르게 쿵쿵댔다. 잘 해결됐을까? 교장 선생님이 마음을 바꿨을까?

땀에 젖은 손바닥을 치마에 쓱쓱 닦았다. 교장 선생님은 책상에, 엄마와 레넌 아저씨는 맞은편에 앉아 있다. 내가 들어가자 아저씨가 내게 찡긋 윙크를 해서 깜짝 놀랐다. 저건 설마…?

"안젤리카, 여기 앉아라."

교장 선생님이 엄마의 옆자리를 가리키며 말했다. 내가 자리에 앉았다. 나는 눈 깜빡이는 법을 잊어버린 사람처럼 얼어붙었다.

"자, 지금까지 너희 어머니와 여기 계신 멀로니 씨와 함께 의미 있는 대화를 나눴단다."

멀로니? 아저씨의 성이 멀로니였어? 어째서 여태 그걸 몰랐지? 레넌 멀로니. 멋진 이름이다.

"이야기를 들어 보니 네가 요즘 집에서 꽤 힘든 시간을 보냈더구나. 학교에서는 마음 편히 털어놓을 사람이 없었다니 안타깝지만 이해는 한다. 가끔은 사람들에게 드러내기가 어려울 수 있지."

교장 선생님이 이렇게까지 공감을 해 주다니 좋은 일이지만, 난 그냥 외치고 싶다. '그래서 저는 슈퍼스타킹에 나가도 된다는 말씀인가요?' 말이 튀어나가지 않도록 아랫입술을 깨물었다. 생각 없이 입을 열었다가는 무슨 일이 벌어질지 잘 알기 때문이다.

"안젤리카, 너만 괜찮다면 학교에서 도움을 줄 생각이란다."

교장 선생님이 말했다. 내 눈에서 레이저 광선이 나왔더라면 지금쯤 선생님에게 구멍이 나고도 남았겠다. 그 정도로 빤히 바라봤다.

"일주일에 한 번씩 콜슨 선생님을 만나 보면 좋겠구나. 우리 학교에 계신 가정-학교 연계 지도사 선생님이시지. 너에게 설사 무슨 일이 생긴다 해도 학교에서 모른 채 넘어갈 일은 없을 거란다."

교장 선생님이 '설사'라고 했다. 난 이러다가 입이 근질근질해서 미쳐 버릴지도 모르겠다.

"장기적인 계획은 그렇고, 빠른 시일 내에 너를 도와줄 방법이 있기는 하다. 흔치 않은 일이긴 하다만…."

교장 선생님이 잠시 뜸을 들이다가 다시 입을 열었다.

"여기 계신 멀로니 씨와 네가 노래를 썼다고 들었다. 우스꽝스러운 내용이 아니라 네가 진지하게 쓴 시를 바탕으로 만들었다니, 정말이지 기대가 되는구나. 보아하니 시를 아주 많이

291

쓴 모양인데, 학교에서는 보여 주지 않던 모습이잖니. 이제 네가 그 모습을 드러낼 준비가 되었다면, 앞으로 한 발짝 나아가는 데에 좋은 기회가 되리라 생각한다. 마스턴중학교 국어과 주임 교사에게 신경 좀 써 달라고 편지로 부탁도 해 보마."

나는 침을 꿀꺽 삼켰다. 그것 참⋯ 잘된⋯ 일인 것 같네요. 근데 요점이 뭐냐고요!

"하여간 사정이 이렇다 보니 이번 학기가 끝나기 전에 학교에서 이 노래를 공연할 수 있게끔 무대를 마련해 줘야 마땅하다고 본다. 지금껏 숨겨 둔 너의 재능을 보여 주고 그것을 축하하는 자리라고나 할까."

교장 선생님이 미소 지었다.

나는 아주 열심히 듣고 있었는데도 선생님이 그 말을 한 건지 만 건지 도통 알 수가 없었다. 이 혼란스러운 마음이 내 얼굴에도 드러났나 보다.

"젤리, 교장 선생님께서 네가 오늘 밤 슈퍼스타킹에 나가도 좋다고 하셨어."

엄마가 부드러운 목소리로 말했다.

아! 아.

아, 잘됐네.

와, 그 사실이 진짜로 기쁜 것 같은데. 아닌가?

"젤리?"

엄마가 부르는 소리에 정신을 차려 보니 다들 나를 쳐다보고 있었다.

나는 아주 길게 숨을 뱉고는 입을 뗐다.

"좋아요. 네, 아, 그러니까, 파이팅."

모두 웃음을 터뜨렸다. 웃었으면 됐지, 뭐 하고 생각하면서도 머리가 너무 복잡해서 솔직히 뭐가 뭔지 얼떨떨했다.

강당이 가득 찼다. 이렇게나 많은 사람이 강당에 모인 적은 없었던 것 같다. 진짜 이건 확실히 소방법에 어긋나는 정도다. 부모님과 아이들은 양 옆에 서서 사진 좀 찍어 보려고 애를 쓰고, 어린 동생들은 징징대거나 여기저기 정신없이 뛰어다니고, 이건 뭐 거의 난장판이다.

대회의 절반이 지날 때까지 나는 잔뜩 긴장한 채로 내내 자리에 앉아 공연을 봤다. 레넌 아저씨와 나는 집에서 급하게 연습을 몇 번밖에 못하고서 다시 학교로 와야 했다. 난 아직 한 번도 하모니카 연주를 실수 없이 해내지 못했다. 옷은 까슬까슬한 치마를 입었다. 이 옷을 걸치는데 엄마의 눈가가 촉촉해지기에 고른 것이다. 엄마는 또 내게 화장을 해 주겠다고 고집하는 바람에 지금 내 모습이 진짜 나 같은지 정말 모르겠다.

화장하지 않겠다고 버틸걸 그랬나. 이 노래는 내 진짜 속마음을 보여 주는 것이니까 말이다. 그래도 이왕이면 노래하는 동안 겉모습이 말끔해 보이고 싶기는 하다….

삶이란 때로 아무리 머리를 굴려 보아도 이해하기가 너무 어렵다.

1부에는 정말 좋은 공연이 몇 개 있었다. 4학년 여자아이가 바이올린을 연주했는데 진짜 오디션 프로그램에 나가도 될 정도였다. 그리고 5학년 남자아이가 탭댄스를 췄는데 모두 감탄하고 몇 명은 일어서기까지 했다. 그런데 제대로 웃기는 공연은 하나도 없었다. 여자아이 한 명이 농담을 좀 하긴 했지만 영 재미가 없었다. 만약 내가 성대모사를 했더라면 웃겨 주리라 하며 자신감이 넘쳤을 텐데, 이 노래는…, 음, 그냥 우승을 기대하지 않는다고 해 두자.

중간 휴식 시간에는 케이마와 산비와 함께 초조한 마음으로 손톱을 깨물며 복도를 서성였다.

"나 떨려."

산비가 어느 때보다 눈을 크게 뜨고서 속삭였다.

"네가 떨려? 넌 무대에 나가지도 않잖아!"

"나도 알아! 그냥 네가 실수하지 않길 바라는 거지."

"아, 고것 참 고맙네. 그 말 들으니까 나 실수할 거 같아."

"안 돼! 난 그런 뜻으로 말한 게 아닌데!"

산비가 투덜거리자 케이마가 웃으며 말했다.

"산비, 침착해. 젤리, 넌 분명 끝내주게 잘할 거야."

"근데 너 이제 성대모사 안 하는 건 아니지? 그러니까 이제 시 쓰고 노래한다고 해서 온종일 진지하게 굴 건 아니잖아. 안 그래?"

내가 산비를 보며 씩 웃었다.

"산비, 내 성대모사가 그만큼 좋다는 얘기야?"

"당연하지! 넌 진짜 소질이 있어!"

내가 산비를 꼭 안으며 말했다.

"걱정 마. 내가 남 웃기는 일을 관두다니 말도 안 돼."

케이마도 틈에 끼어 들어와 우리 셋은 서로 꽉 끌어안기 시작했다. 힘이 과했는지 난 중심을 잃고 휘청이다가 뒤에 있던 마셜의 발을 밟고 말았다.

"아! 조심 좀 해, 젤리!"

"미안. 진짜 미안해. 너 있는 줄 몰랐어."

"코끼리한테 밟힌 줄 알았네."

마셜이 툴툴댔다.

나는 숨을 크게 들이마시고 입을 뗐다.

"넌 무슨 말을 그렇게 하냐? 난 코끼리도 아니고 코끼리 같다는 말도 싫어해. 앞으로 조심해 주면 좋겠어."

마셜은 뺨이라도 맞은 사람처럼 멍하니 나를 쳐다봤다.

"뭐?"

"2부 시작합니다!"

누군가 복도 끝에서 외쳤다. 그 소리를 들으니 갑자기 강당으로 돌아가고 싶지가 않았다.

케이마와 산비가 나를 다시 한 번 안아 주었다. 둘은 이제부터 내가 무얼 할지 알지만 노래를 들어 본 적은 없다. 심지어다른 사람들은 내가 본선에 다시 나가게 된 사실조차 모른다.

"분명히 잘해 낼 거야."

자리로 돌아가면서 두 친구가 내게 말해 주었다.

강당에는 다시 사람들이 빽빽하게 들어찼다. 무대 뒤쪽으로가니 엄마와 레넌 아저씨가 눈에 들어왔다. 아저씨는 기타를들고서 혹시나 다른 사람과 부딪힐까 조심하고 있었다. 그 모습을 보니 판타스틱 커피에서 아저씨를 처음 만났던 날이 떠올랐다. 절로 웃음이 났다.

나는 공연이 다 끝날 때까지 기다려야 했다. 그런데 어째서인지 시간은 엄청나게 빨리 지나갔다. 그걸 눈치채기도 전에,마음의 준비를 하기도 전에 존스 선생님이 무대에 올랐다.

"자, 앞서 여러분께 나눠 드린 유인물에는 이제 모든 참가

자의 공연이 끝난 것으로 되어 있을 거예요. 하지만 대회 시작 전에 추가된 것이 있습니다."

관객석에 앉은 아이들이 어리둥절해하며 수군대기 시작했다.

존스 선생님의 말이 이어졌다.

"안젤리카 워터스 양이 예선을 통과했지만 오늘에서야 공연이 결정되었어요. 많은 분들이 아시다시피 성대모사로 본선에 올랐죠."

아이들이 하나둘 눈을 맞추며 씩 웃고는 나를 돌아보았다.

"그런데 오늘 저녁 이 자리에서는 안젤리카 양의 또 다른 재능을 보게 될 거예요. 직접 쓴 시를 노래할 거거든요."

다들 얼떨떨한 얼굴로 나를 빤히 쳐다봤다. 그런데 이제 보니 이건 실수였다. 아저씨의 제안을 따르지 말았어야 했다.

"마지막 공연은 안젤리카 양의 친구이자 작곡가 레넌 멀로니 씨가 함께하시겠습니다. 모두 박수로 맞이해 볼까요? 안젤리카 워터스!"

계단을 오르는 건 보통 그리 힘든 일이 아니지 않나. 난 계단을 올라갈 때 그 자체를 의식한 적은 없었다. 그런데 이 시간만은 디딤판을 찬찬히 살피며 발 하나하나를 조심스레 내려놓게 되었다. 계단에서 넘어지는 걸 상상만 해도…, 아니 상상하지 마! 아, 이런, 머리가 다리를 방해했다!

"젤리."

레넌 아저씨의 목소리가 내 머릿속 아수라장을 비집고 들어왔다. 아저씨가 의자를 당겨 앉아서 기타를 조율했다. 그러고는 갑자기 미국인 말투로 물었다.

"기분 어때?"

습관처럼 나도 똑같은 말투로 답했다.

"저야 좋죠. 아저씨는 기분 어때요?"

관객 중 몇 명은 우리가 하는 말이 들렸는지 기분 좋게 쿡쿡 웃었다. 그 소리에 마음이 놓였다.

마이크가 내 키에 비해 너무 낮아서 마이크를 조금 올려 고정하는데 손이 미끄러웠다. 내 주머니에는 하모니카가 있다. 만약 노래 중간에 하모니카를 떨어뜨리기라도 한다면 진짜 바보 같겠지.

"준비 됐어?"

레넌 아저씨의 물음에 끄덕였다. 농담이든 뭐든 아무것도 하지 않고 여기에 가만히 서 있다가는 금방이라도 기절할 것 같았기 때문이다.

아저씨가 연주를 시작했다. 순간 아찔했다. 가사의 첫 부분이 기억나지 않았다. 그래도 곧 떠올랐고, 나머지 가사도 마찬가지였다.

행복한 얼굴

안젤리카 워터스 작사, 레넌 멀로니 작곡

이게 나일까? 이게 너일까?

이게 최선의 모습일까? 거짓 투성이 뒤에 숨어서

내 눈 속이 안 보이길 바라며 1. 우스개 부려 광대가 돼
2. 삶은 언제나 즐거워

우울함은 볼 수 없게 걱정은 마음 깊이 묶어 두고
입버릇처럼 말하지 어떤 말도 상처 되지 않아

내 눈물은 모르게 얼굴은 행복하니까 텅 빈 맘은
이게 바로 나 - 야

숨긴 채 그래, 얼굴은 행복해 그래도

미소 너머를 보게 되면 그때도 있어 줄래?

299

그래도 친구가 되어 줄래? 날 생각 해줄래? 얼굴은

(하모니카)

행복 하니까 텅빈 맘 은 숨긴 채

(노래)

그리고 미소 너머 를 보게 되면 그때도 있어줄래?

그래도 친구가 되어 줄래? 날 생각 해줄래? 얼굴은

1. 행복 하니까 텅빈 맘 은 숨긴 채 그래, 얼
2. 굴은 행복 해 텅빈 맘 은 숨긴 채 다듬은
3. 가락 질하는 수치로 남아 서 미소는

그대로 건 채 행복한 얼 굴기억해 줘

300

33

마지막 음이 흩어지고 잠시 동안 시간이 멈춘 듯 모두 숨죽이고 있었다. 엄마는 두 손으로 입을 가린 채 눈물을 줄줄 흘렸다(자랑스러워 운 것이길). 존스 선생님은 맨 앞줄 끝에 앉아서 휴지로 눈물을 찍어 냈다. 심사 위원 셋(그중 한 명은 역시나 교장 선생님의 딸 줄리였다.)은 넋을 잃고서 나를 가만히 바라보았다. 교장 선생님의 훌쩍이는 소리가 침묵을 깨뜨렸다.

엄청난 함성에 잠깐 몸이 휘청였다. 환호하고 박수 치는 소리에 이어 발을 구르는 소리까지 들렸다. 케이마와 산비는 폴짝폴짝 뛰며 무어라 소리치는데 무슨 말인지 들리지는 않았다.

나는 어쩔 줄을 몰라서 잠시 쩔쩔맸다. 곧 레넌 아저씨가 옆으로 다가와 귀에 대고 말했다.

"젤리, 인사해야지. 다 너를 응원하는 거야."

그래서 허리를 굽히자 아저씨도 가볍게 인사하고는 뒤로 물러나 나에게 박수를 쳐 주었다. 그리고 함께 무대를 내려왔다. 나는 공연을 할 때마다 항상 즐겁기만 했는데, 이번에는 끝나서 다행이라는 생각과 함께 그냥…, 음, 그냥 엄마가 보고 싶은 것 같았다.

내가 통로를 지나는데 다들 나를 안거나 토닥여 주었다. 부모님들은 모두 울거나 웃었다. 나는 이런 생각이 들었다. 와, 내 노래가 진짜 맘에 들었나 보다. 그리고 마셜이 말했다.

"젤리, 너 대단하다. 그리고 아까는 그런 말해서 정말 미안해."

이 말이 자꾸만 희미하게 머릿속을 떠돌아다녔다. 엄마가 몇 줄 뒤에 있었다. 엄마는 나와 눈을 맞추고서 복도로 나가는 문을 가리켰다.

그리고 시끌시끌한 소리가 잦아들었다. 존스 선생님이 이제 휴식 시간 10분 동안 심사 위원이 결정을 내릴 것이라고 설명했다. 하지만 그 말을 귀담아듣는 대신 복도로 나왔다. 엄마가 나를 이렇게까지 꽉 안아 준 적은 없었던 것 같다. 그리고 엄마는 내가 자랑스럽다고, 멋지다고, 이제부터 용기가 필요할 때마다 이 순간을 떠올릴 거라고 내 귀에 속삭였다.

솔직히 나는 이 모든 게 조금 벅차서 눈물이 살짝 터져 나왔다. 레넌 아저씨가 우리를 찾으러 나오자 엄마가 아저씨에게 손을 뻗었다. 그렇게 우리 셋은 서로 끌어안았다.

"잘했어, 젤리."

아저씨의 말은 그게 다였지만 그것으로 충분했다.

잠시 뒤 우승자 발표가 이어졌다. 나는 작년처럼 3등을 했다. 미니 트로피를 받기 위해 무대에 올랐는데 박수와 환호, 발을 구르는 소리에 뿌듯함이 밀려와 울고 싶어졌다. 케이마와 산비는 빽빽 소리를 지르며 또 폴짝 뛰기 시작하고, 엄마와 레넌 아저씨는 박수를 어찌나 열심히 치는지 손이 흐릿하게 보였다.

하길 잘했다. 용기 낸 보람이 있다.

"네가 이긴 줄 알았는데."

우리가 운동장에 들어설 때쯤 엄마가 말했다.

나는 하늘을 올려다봤다. 아직 완전히 어두워지지 않았는데 별 하나가 모습을 드러냈다.

"이겼어요. 제가 이겼어요."

엄마가 내 손을 잡고, 레넌 아저씨가 반대쪽 손을 잡았다. 우리는 그렇게 집까지 걸었다.

마스턴중학교 등교 첫날

내 친구 케이마와 산비에게

오래전 우리가 처음 만났을 때

어떤 반려동물을 좋아하냐는 물음에

나는 기린이 좋다고 했지

진심은 아니었지만 너희는 웃음을 터뜨렸어

그때부터 난 셋 중에서

'웃긴 애'가 되겠구나 생각했어

내가 하는 말에 너희는 웃음이 터지고, 미소 지었어

하지만 그러는 내내 난 비밀을 숨겼지

그 비밀을 내 작은 공책에 적었어

너희에게 절대 보여 주지 않을 생각이었어

그런데 많은 게 달라졌고, 나도 달라졌어

이제 내가 우는 모습을 너희가 본다 해도 괜찮아

그때 말하지 못한 이야기를 너희에게 들려줄게

그때는 펜으로만 써 내려 간 이야기를 들려줄게

삶은 보기 2번 말고도 참 많은 것이 있더라

물론 보기 2번도 여전히 좋고, 너희도 좋아하지

앞으로 우스갯소리도 하고 바보짓도 할 거야

아마 학교에서 삔질거릴지도 모르지

그래도 내 마음속 감정 주머니에는

보기 2번만 있지 않아

힘들거나 즐겁지 않을 때면

이제부터 보기 1번을 고를 거야

새로운 곳에서 보내는 첫날

우리 모두 얼굴에 가짜 미소를 걸고 있어

그건 보기 2번이지만 이제는 알아

언제든지 보기 1번을 고를 수 있다는 것

너희를 사랑하는 친구가

젤리 같은 마음

혹시 여러분도 중요한 순간마다 보기 2번을 고르며 구렁이 담 넘어가듯 상황을 모면하지는 않나요? 과거의 저는 어쩌면 젤리의 지난 모습처럼 내 마음을 직면하지 않았던 것 같습니다. 직면하는 방법도 몰랐고, 한 번도 겪어 보지 않아서 막연히 두려웠거든요. '똑바로 마주하면 영영 우울감에 빠지는 건 아닐까?' 같은 핑곗거리를 찾으면서 말이지요.

그런데 가만히 기억을 되짚어 보면 모면하던 시간 동안 정말 불안했던 것 같아요. 뚜렷이 알지 못하는 무언가를 피할수록 미끄덩한 젤리처럼 손에 잡히는 것은 하나도 없었으니까요. 오히려 어떤 계기로 나의 마음을 직면했을 때, 잠시 괴로웠지만 머지 않아 편안해졌어요. 나의 알 수 없던 감정, 생각, 문제 등을 비로소 알게 되었고, 앞으로 어떻게 하면 좋을지 떠올랐기 때문이라 생각해요. 이 과정을 혼자 해낼 수도 있지만, 이야기 속 젤리와 같이 조력자가 필요한 경우도 있을 거예요.

사실 레넌 아저씨처럼 누군가에게 도움을 줄 수 있는 작품을 오래도록 소개하는 것이 꿈이기도 하답니다. 젤리의 마음을 읽으며 힌트를 얻고 여러분의 마음도 거울을 보듯 조금이나마 들여다볼 수 있기를, 그래서 한 걸음 더 나아갈 수 있기를 바랍니다.

이은주

봄볕청소년

방뚱한 게 잘못일까

초판 1쇄 발행 2021년 7월 15일
초판 2쇄 발행 2022년 5월 27일

지은이 조 코터럴
옮긴이 이은주

펴낸이 권은수   펴낸곳 도서출판 봄볕
만듦 박찬석   꾸밈 디자인 앨비스   가꿈 성진숙   알림 강신현   살림 권은수
함께 만든 곳 천일문화사, 피오디 북, 가람페이퍼

등록 2015년 4월 23일 제25100-2015-000031호
주소 서울특별시 서대문구 서소문로 37 1406호(합동, 충정로대우디오빌)
전화 02-6375-1849   팩스 02-6499-1849
전자우편 springsunshine@naver.com   블로그 http://blog.naver.com/springsunshine
스마트스토어 https://smartstore.naver.com/shinybook
인스타그램 @springsunshine0423

ISBN 979-11-90704-36-6 43840

• 책값은 뒤표지에 있습니다.
• 봄볕은 올마이키즈와 함께 어린이를 후원합니다.